とりかえ花嫁の冥婚

偽りの公主

貴嶋 啓

white heart

講談社X文庫

目次

イラストレーション／すがはら竜

とりかえ花嫁の冥婚　偽りの公主

序

夜陰に乗じ、岩場を縫うように移動する一行がいた。

その多くは若い娘で、なかには無理やり歩かされ泣いている者もいる。

隆翔《りゅうしょう》が確認したところによると、彼女たちは人買いに攫《さら》われたり売られたりした女たちで、これから隣州の娼館《しょうかん》へ連行されるところだという。

先頭でそれを率いているのは、馬に跨《また》がった恰幅《かっぷく》のよい中年男だ。そのほかにも女たちの警護もしくは見張り役として、五名ほどの男たちがいる。

「本当にご自分でいらっしゃるんですか？」

一行を見下ろせる大岩の頂《いただき》でその様子を眺めていると、隣で同じように身を伏せていた宏傑《こうけつ》が念を押してくる。

「あのくらいの男たち、片付けるのにそんなに手間はかからないだろう」

宏傑たち臣下に任せ安全なところで待っているべきだと暗に告げられるが、隆翔は意に介さなかった。

「それはそうですが、しかしあなたに万が一のことがあればですね――」

「私が行かずに、公主が本物であると誰が判じるというんだ？」

親友であり、腹心の護衛でもある宏傑の言葉を封じるようにそう返すと、隆翔は背後に待機させていた馬の鐙《あぶみ》に足をかける。

「ならば、あなたはどうやって本物と見極めるんです？」

そして隆翔は、追ってきた宏傑の問いに「そんなものは決まっている」と馬上で口の端を上げる。

「勘だ。肉親のな」

冗談めかしてそう告げると、宏傑は一瞬虚をつかれたような表情を浮かべたが、やれやれとあきらめた様子で自馬に跨がる。

そのとき、崖下《がけした》から悲鳴が上がった。

ふたたび眼下へ視線を向けると、どうやら躓《つまず》いた娘に、見張り役の男が鞭《むち》をくれたようである。それを目にしたほかの女たちも叫びだし、騒ぎを鎮めようと、男たちが次々に鞭を振り上げる。

「まずい」

隆翔はつぶやき、馬の腹を蹴《け》った。宏傑をはじめとする配下の者たちも、一斉に彼に続いて岩山を下りはじめる。

かかった。

「なにをするの⁉　やめて！」

　そのとき、女たちのひとりが、ひと際大きな声を上げて列を率いていた中年男にとびか

「今のうちに早く逃げて！」

「何をする！」

　ほかの娘たちを逃がそうとしたのだろう。しかし鞭を奪ったものの女は蹴り飛ばされ、さらに下馬した男に剣の柄で殴りつけられてしまう。

「この……っ」

　地面に転がった女に向かい、まだ気の収まらない様子の中年男が白刃《はくじん》を振りかざす。それを前にして、隆翔は叫んだ。

「宏傑！」

　彼の声が早いか、並走していた宏傑の矢が男の腕に命中する。

　苦悶《くもん》の声を上げた中年男を駆けていった兵のひとりが押さえ込み、ほかの男たちにも配下の者たちが次々と捕縛に向かうのを確認すると、隆翔は馬を下りる。

「宏傑、そっちの娘を頼む」

　そう言って隆翔は、倒れていた女に歩み寄る。殴られた額からは痛々しく血がにじみ、彼女はぐったりと身を伏せていた。

「大丈夫か？」

抱き起こすと、絹糸のような黒く長い髪が隆翔の腕に絡みついた。

そしてかけられた声に目蓋《まぶた》がうっすらと開き、月明かりを反射した瞳《ひとみ》がぼうと隆翔を見つめる。そのとたん、彼は胸の奥がざわめいた気がした。

『勘だ。肉親のな』

さきほど宏傑に告げた言葉が脳裏に浮かぶと同時に、背後から声が上がった。

「そ、その女です……！」

振り返ると、先に捕らえて邯達《かんたつ》の街から連行してきた人買いの一味が、手かせをつけられたまま女を指さしている。

「あの佩玉《はいぎょく》は、その女から奪ったものです」

よほど脅しが利いたのか怯《おび》えたように男が口にした言葉に、隆翔はふたたび腕のなかの娘を見つめる。

歳《とし》の頃は、二十一歳――と言っても差しつかえないだろう。

ひるむことなく男に向かっていったところからも想像できるが、きりりとした目元からは、気の強そうでまっすぐな気性がうかがえた。

頭を殴られているせいで意識が混濁している様子なのはわかったが、早く確認したくて隆翔は訊《たず》ねた。

「これは君のものか？」

そして彼は、袖《そで》の中から萌黄色《もえぎいろ》の飾り結びに翡翠《ひすい》をあしらった佩玉——腰から下げる装身具を取り出した。すると、それまでうつろだった彼女の瞳に光が宿る。

「返して……！」

人買いたちと混同されているのだろうか。動かない身体《からだ》に鞭を打つようにして隆翔に手を伸ばし、彼女は必死に訴えてくる。

「駄目、それは……の大切な……お父様の形見……。お願い、返して……」

お父様の形見——。

その言葉に、隆翔の胸が震えた。そして彼は念を押すように言う。

「君のものなんだな？」

「そうよ……！　だから、返して——」

隆翔が手渡すと、彼女はそれを胸元で握りしめる。そして冷たい石の感触にほっと息をこぼすと、安心したように意識を手放した。

「見つけた——」

その様子を眺めながら隆翔はつぶやいた。

この娘こそ彼の妹、大稜《だいりょう》帝国の公主だと——。

第一章

「そんな！　どうして黎禾《れいか》様が、そんな結婚を受け入れなければならないんですか⁉」

茉莉花茶《まつりかちゃ》の薫る室内に橙莉《とうり》の声が響いたのは、庭院《なかにわ》に植えられた百日紅《さるすべり》が、薄桃色の花を咲かせはじめたころのことだった。

「ひどいです、泰敬《たいけい》様。いくら黎安《れいあん》様の借金を返す目途がたたなくても、黎禾様にそんな不吉な縁談を持ってこられるなんて」

橙莉は、黎禾が幼いころから一緒に育った小間使いである。

おっとりとした性格の彼女が、このように声を荒らげるのはめずらしい。いつもならば、黎禾の叔父である泰敬について思うところはあっても、面と向かって批判するようなことはけっして口にしない娘なのに。

（つまり、世間の一般的な考え方からすると、この縁談がそれだけひどいということね）

黎禾は、茶碗《ちゃわん》にひとつ浮いた花弁を眺めながら、もたらされた縁談について冷静に思案した。

叔父である汪《おう》泰敬が黎禾に持ち込んだ縁談の相手は、藩王である成州王《せいしゅうおう》のひとり息子だという。

藩王といえば、皇帝から領土を与えられた諸侯王であり、この稜《りょう》帝国では皇族に次ぐ存在だ。いや、皇統を継ぐことのない多くの皇族と比べれば、世襲が認められ、自治領を有する彼らの権力や財力はそれ以上と言えるだろう。

そんな藩王家との縁談といえば、本来であれば商家の娘である黎禾にとって、これ以上ない玉《たま》の輿《こし》のはずである。

(と言っても、相手の男が生きているのならば——だけど)

皮肉に思いながら黎禾は、卓を挟んで座る叔父に視線を移した。

亡くなった父の弟にあたる泰敬は、都である臨陽《りんよう》を中心に、広く茶葉の商いをしている豪商だ。

八歳のころに両親を亡くした黎禾は、弟の黎安とともに十年近くこの叔父のもとで暮らしていた。しかし自立しようと三年前に彼の屋敷《やしき》を出てからというもの、こうして顔を合わせるのは久しぶりである。

叔父にとっても、幼い甥姪《おいめい》を引き取ったのは義務だったからにすぎないのだろう。黎禾はこれまで叔父について、冷たい印象しか抱いたことがない。

しかしそれでも一応、ふたりのことを気にかけていてくれたのだろうか。どこかでこちらの窮状を聞きつけ、内容はともかくこうして提案しにきてくれたのだから。

（そう、窮状……）

弟である黎安がつくった二千両の借金を思い出し、黎禾は自室の天井を仰いだ。

黎禾が叔父のもとから独立して立ち上げた明茶商会《めいちゃしょうかい》——。

かつては薬であり、一部の裕福な者たちだけの贅沢《ぜいたく》品だった茶葉は、近年少しずつ庶民も楽しめるものになりつつある。茶を好む人々は確実に増え、茶葉の産地である成州藩だけでなく、最近では都にもいくつも茶館が建てられている。

こうした庶民向けに良質な茶葉を商うことで順調に売り上げを伸ばし、黎禾の明茶商会はようやく軌道に乗ってきたところだったのだ。

（それなのに、黎安が博打《ばくち》で借金なんて——）

『だって、勝てると思ったんだよ！』

話を聞いて呆然《ぼうぜん》とした黎禾に、黎安は眦《まなじり》に涙をにじませてそう言った。

『ほら、半年前の洪水のせいで損害が出たって、姉さん言ってたじゃないか！　だから俺……』

たしかに豪雨のせいで所有する倉庫がひとつ水浸しになり、相当の損失を出したのは事実である。

（だからって、博打で取り戻そうとするなんて……）

情けなさとやりきれなさでいっぱいになりながらも、しかし黎禾は弟を責めることができなかった。

（こうなったのも、ぜんぶ私のせいね。たったふたりの姉弟と思って、ずっと黎安を甘やかしてきたから――）

「叔父様。私が嫁ぐと言えば、成州藩は本当に二千両の結納金《ゆいのう》を用立ててくれるの？」

「黎禾様!?」

取り乱すことなく訊《たず》ねた黎禾に、信じられないとばかりに橙莉が声を上げる。

「しっかりしてください！　相手は亡くなっているんですよ!?　嫁いだら、きっと殺されてしまいます」

「まさか。そんなことをしたら、向こうだってただじゃすまないわ」

橙莉の懸念を笑い飛ばしたものの、黎禾にも彼女の心配はわからないでもない。

死者との結婚――つまり冥婚《めいこん》では、若くして無念の死を遂げた者を弔うために、生きた配偶者を与えて殺し、ともに埋葬する風習があるからだ。

しかしそれは昔のことだ。たとえ冥婚であっても、今では生きている花嫁や花婿を殺せば殺人として罰せられるはず。

「そんなこと、わかるはずもありません。だって、冥婚の相手はあの成州王様のご子息だっていうじゃないですか」

「裏切り者と名高い成州王の、ね」

それでも納得がいかないとばかりに声を上げる橙莉に、黎禾は苦笑した。

世間に流布する成州王の悪評は、黎禾とて聞いたことがある。

北西で覇を唱えていた稜《りょう》国が、この中原《ちゅうげん》を治めるようになってから十年あまり。それまで稜は、辺境に興った小さな公国にすぎなかった。

そして成州王である耿玄耀《こうげんよう》は、当時中原を統治していた愁《しゅう》帝国に仕える軍人だった。しかし彼は、稜と通じて国境の関門を開き、その軍を国内に招き入れたのだ。その結果、稜は愁の皇城に攻め入ることができ、今では愁にとって代わってこの地を支配している。

衰退していた愁に代わり稜が治めるようになってから、荒れていた民衆の暮らし向きはよくなり、今では稜の支配を受け入れている者がほとんどだ。しかし主君を裏切った成州王の記憶は人々から消えることはなく、その名は今も広く知られているのである。

「その亡くなった若君だって、成州王様がみずから手にかけたってもっぱらの噂《うわさ》じゃないですか。今になって急に冥婚だなんて、きっと祟《たた》りでもあって、それを鎮めようとしているに違いないですよ」

「どうなんです？　叔父様」

「むろん、そんなことはない」

叔父にもたぶん確信などないのだろうが、この場ではそう言うしかないに違いない。

「では考えてみます」

黎禾がそう答えて帰宅をうながすと、泰敬は咳払《せきばら》いして立ち上がる。そして長居は無用とばかりにそそくさと部屋を出ていった。

「いくらなんでもひどすぎます。だって、泰敬様なら二千両くらい、どうにかご用意できるはずでしょう？　黎禾様と黎安様が引き継ぐはずの商会を取り上げておいて、援助さえしてくださらずに冥婚を勧めてくるなんて」

泰敬の姿が扉の向こうに消えたとたん、橙莉が我慢できないとばかりに声を上げた。

そう。彼女の言うとおり、叔父泰敬の有している商会は、もともとは黎禾の父のものだったのだ。

しかしその父が亡くなったあと泰敬は、ふたりの子供を引き取るという名目で、商会をすっかり自分のものにしてしまったのだ。それだけでなく遺《のこ》されていた財産も、黎禾たちが管理できる歳《とし》になるまでに、ほとんど自分の名義に書き替えてしまっていた。

しかし黎禾は、それについて叔父を責める気はなかった。父の遺したものなど、ひとつとして欲しくなかったからだ。

「お金があったって、幸せとは限らないわよ」

事実父が生きていたころの黎禾は、裕福な商家の娘として何不自由ない暮らしをしていたけれど、けっして幸せではなかった。

酒を飲むと暴れる父は、たびたび母に暴力を振るい、ときには幼い黎禾にさえ手を上げることがあったからだ。どんなにやめてと叫んでも酔った父には届かず、屋敷が火事になり父母が亡くなるまでそれは続いた。

そのときのことを思えば、黎禾は今の生活に満足していた。それほど余裕があるわけではないけれど、誰に頼ることなく、自分の好きなように生きられるからだ。

「大丈夫よ、橙莉。成州王は息子の弔いをしたいだけなんだから、婚礼のあとすぐに戻ってこられるわよ。まあ、相手が亡くなっているとはいえ夫がいる以上、ほかの男性と結婚することはできなくなるんでしょうけど……」

しかしもとから結婚などするつもりのなかった黎禾にとって、そんなことはたいした問題ではない。

（むしろ相手が生きていないほうが、都合がいいくらいよ）

たとえ黎禾が商いをしていなかったとしても、女性がひとりで生きていくのは大変な世の中である。未婚というよりは未亡人だと名乗れたほうが、いろいろと融通が利くようになるだろう。

さすがにそんな本音は口にできずにいると、橙莉は何か言いたげに黎禾を見つめた。しかし声には出さずに、悔しげに唇を嚙《か》みしめ顔を伏せる。

「ありがとう、橙莉。私のために怒ってくれて」

黎禾のことを誰よりも心配してくれる橙莉は、たとえ立場は小間使いであっても、黎禾にとってかけがえのない親友だった。

叔父のところで弟とともに肩身の狭い生活を強いられているときも、橙莉がいるから耐えられた。

素直でひたむきな性格の彼女は、落ち込んだとき、辛《つら》いとき、いつも黎禾に力をくれた。橙莉に『黎禾様ならできます！』ときらきらした目で言われると、なんでもできそうな気になったものである。

(だから誰よりも橙莉には、幸せになってほしい)

そう思いながら黎禾は立ち上がり、橙莉の肩をたたいた。

「さあ、昼までにはまだ時間があるから、一仕事しましょう？」

そしてなおも言いたげな彼女から視線をそらし、手早く仕度をはじめる。

朝から叔父が乗りこんできたのですっかり遅くなってしまったが、最近ますます注文が増えて、猫の手も借りたいくらいに忙しいのだ。

そうして黎禾は、いつものように動きやすい男物の簡素な長袍《ちょうほう》を身にまとった。下ろせば絹のように艶《つや》やかな黒髪も、邪魔にならないよう簡単にまとめてもらい、小さな簪《かんざし》をひとつ挿すのみだ。

両手で扉を押し開け部屋を出ると、四合院《しごういん》造りの二階の廊下からは、すぐに庭院の様子が見渡せる。そこには、出荷を待つ茶葉の箱がいくつも積まれていた。

黎禾が革の長靴の踵《かかと》を鳴らして階下へと降りていくと、茶葉の仕分け作業をしていた女たちが一斉に彼女を迎えてくれた。

「黎禾お嬢さん！　今年の武萊山《ぶらいさん》の白茶は、天候に恵まれたおかげでいい出来ですね！　今日の分はもうすぐ終わりますよ！」

「ありがとう。もう少しで一段落するから、みんな頑張ってちょうだい！」

彼女たちの多くは、戦で身寄りを失くした娘や、子供を抱えた寡婦、そして父や夫の暴力から逃げてきた女たちなどだ。

「あ、待って！　それは鴻磁商会《こうじしょうかい》のところに納める分でしょう？　箱の上書きは合っているかしら」

先日から働きはじめているひとりが間違えて荷を積もうとしたことに気づいて、黎禾は声をかける。

「鴻磁商会にお持ちするのは、こちらの緊圧茶《きんあっちゃ》よ。あちらは西域へと隊商を組んで旅をされるから、保存が利いてかさばらないお茶を所望されるの」

円盤状に押し固めた餅茶《へいちゃ》の入った茶箱を開いて見せると、彼女は真摯《しんし》な顔でうなずいた。幼い子供がいると言っていたので、早く仕事を覚えようと必死なのだろう。

強欲な叔父泰敬のことを、橙莉は嫌っているけれど、黎禾は感謝しているところもあった。

叔父の家に何年もいることができたおかげで、ひそかに商いのやり方と、茶葉についての知識を得ることができたからだ。そのおかげで今の黎禾は、自分の力で生きていくことができる。

良質な茶葉を仕入れ、適正な価格で得意先に卸す。そして馬の世話をして、帳簿をつける毎日――。

そんな忙しい日々と、そして明茶商会で働く彼女たちの役に立っているという実感が、火事で死んだ母を助けられなかったことを後悔しつづける日々を変えてくれた。

それを思えば、迷う必要はなかった。

「じゃあ、得意先を回ってくるわね」

そして馬に跨《また》がり屋敷を出たころには、黎禾の心は決まっていた。

（絶対に、この明茶商会だけは守ってみせる――）

黎禾は、その思いを胸に冥婚に身を投じることを決意したのだった。

＊

婚礼に赴くに際して、成州藩から与えられた猶予はたったの一週間だった。

花嫁を乗せるための輿《こし》である花轎《かきょう》が寄越され、その日は朝から笛や爆竹がうるさいほどに鳴り響き、黎禾が現れるのを今か今かと急《せ》かしていた。

紅《あか》い花嫁衣裳《いしょう》をまとい庭院へ降りると、突然嫁ぐことになった黎禾を明茶商会のみなが見送りに出ていた。

事情を知っているのだろう。彼女たちの眼差《まなざ》しには、戸惑いと同情がにじんでいる。

「すぐに帰ってくるから大丈夫よ」

そう告げながら表門に向かって歩いていた黎禾だったが、面々のなかに弟の黎安の姿を見つけて立ち止まる。

「姉さん……」

悪いとは感じているのか黎安は、そうつぶやいたままうつむいた。

小さなときからいたずら好きでお調子者。叔父の家にいたときも、叔父を怒らせて大変な思いをさせられたことが何度もあった。

しかし父が生きていたころのことを幼くてほとんど覚えていないおかげか、心根は素直でやさしい弟に育ってくれた。だからあともう少し、慎重なふるまいを身につけてくれさえすればいいのだと、黎禾は思う。

「私が帰ってくるまで、商会とみんなを頼むわよ」

そう言うと黎禾は、鼻の奥がつんとしてきたのをごまかすために、紅蓋頭《こうがいとう》と呼ばれる花嫁のための頭巾《ずきん》をかぶった。それは花婿以外の者が花嫁を先に見ることがないようにする昔からの習わしであるが、顔を隠せることが今の彼女には幸いだった。

そして黎禾は、表門の前に待機していた花轎に乗って、成州藩へと旅立つ。

都である臨陽から成州藩の藩都である瑞安《ずいあん》までは、馬であれば五日ほどの旅程だ。輿に揺られていくとなれば、きっとその倍ほどの日数がかかるに違いない。

都の隣に広がる済州《さいしゅう》の邯達《かんたつ》までは、途中まででいいからと、見送りを強く望んだ橙莉も一緒だった。どうやら彼女は、冥婚というだけでなく嫁ぎ先が成州王家ということも不安に感じているらしい。

しかし黎禾は、橙莉が心配するほど、成州王に悪い印象を持っていなかった。

というのも、近年成州藩が茶葉を専売制にしてくれたおかげで、明茶商会は売り上げを伸ばすことができたからだ。

茶葉は成州藩の特産で、ほかの土地ではほとんど生産することができない。しかしこれまでは一部の既存の大商人が茶葉を買い占め、明茶商会などの新興の茶葉商は、彼らが不当に値を吊り上げたものしか仕入れることができなかった。

そんななか成州王が、彼らを一掃し生産から卸売まで一元化してくれたおかげで、茶葉の価格は下がり、しかも品質まで安定したのである。

長年の慣習を変えるのは、並大抵のことではない。

しかしそれをやってのけた成州王は、世間で噂されているだけの悪人ではないはずだ。おそらくもっと理知的な人間に違いないと黎禾は思っている。

しかしそれでもひとりで赴くことにしたのは、橙莉のように殺されるとは考えていなくとも、弔いのために藩邸に引き留められ、帰ってこられなくなる可能性はあると危惧《きぐ》したからだった。

そんな黎禾の懸念に彼女も気づいているのだろうか。

「これを、持っていていただけますか？」

しばらく会えなくなるからと、前夜はどちらからともなく子供のころのように並んで寝台に横たわり、他愛もない昔話をして眠った。そんな橙莉が、邯達の宿で別れるというときになって、黎禾に手を差し出してきたのだ。

「これ……」

鏡台の前に座り茶を飲んでいた黎禾は、彼女の握る萌黄《もえぎ》色の綾紐《あやひも》で飾られた拳《こぶし》よりも一回り小さな深緑の石輪を目にして、息を呑《の》んだ。

「持っていけないわよ。だってこの佩玉《はいぎょく》、あなたのお父様の形見なんでしょう？」

「少しの間お預けするだけです。もう一度会えるように、おまじないとして持っていてください。冥婚でも生きて帰れるって、黎禾様言っていたでしょう？」

橙莉がこの佩玉をどれだけ大切にしているか知っている黎禾は、すぐに断ろうとした。

しかし橙莉はそう言って、なかば強引に黎禾にそれを押しつけてくる。

「……わかったわ」

だから黎禾は、それで橙莉が納得するのならばと、預かることにする。手のひらで包み込み、「大切に持っているわね」と告げると、ようやく橙莉は安心したように笑みを浮かべた。

「ねえ、橙莉。やっぱりこの石、本物の翡翠《ひすい》だと思うわ。一度ちゃんと見てもらったら？」

これまで何度も見せてもらったことのあるものだが、深みのある艶やかな緑色の石に改めてそう思った黎禾は彼女に言った。

すると橙莉は、ありえないとばかりに笑って否定する。

「まさか。もしそうだったら財産も身寄りもなかった母は、とっくに売ってしまっていたはずですよ」

しかしたとえ価値のない石であっても、彼女が母から受け継いだ父親の形見であることに違いはない。

失《な》くさないようにと、黎禾が花嫁衣裳の帯から吊《つ》り下《さ》げるために立ち上がったときだった。ふいにあくびがこみあげてくる。

昨夜夜更けまで橙莉と話し込んでいたからだろうか。急速に眠気に襲われた黎禾は、ふたたび椅子《いす》に座りこんでしまう。

「黎禾様、わたしたちがはじめて会ったときのことを覚えていらっしゃいますか？」

こらえきれずに瞳《ひとみ》を閉ざした黎禾に、橙莉が訊ねてくる。

「母が亡くなったあと、やっかいになっていた屋敷でいじめられて逃げ出したわたしを、黎禾様は助けてくださいましたね」

そんなこともあったと、黎禾は次第に重たくなる目蓋《まぶた》の奥で、雪のちらつく寒い日のことを思い出す。

「そのときわたし、決めたんです。黎禾様のためになんでもするって」

しかし記憶があるのはそこまでで、橙莉の声をどこか遠くに聞きながら黎禾は、深い闇《やみ》に引きずり込まれていったのだった。

第二章

深い眠りについていた黎禾《れいか》の眼裏《まなうら》が、緋《ひ》色に染まった。

（ああ、またこの夢……）

見覚えのある光景に頭のどこかでそう思いながら黎禾は、悪夢から逃れようと必死に目を覚まそうとする。

しかしそれは執拗《しつよう》に黎禾を追いかけてきて、とうとう彼女は、そのおぞましい記憶に捕まってしまう。

それは季節外れに暑く、ひどく寝苦しい夜のことだった。

ようやく眠りについたはずの黎禾は、すぐ近くで聞こえるぱちぱちと炎がはぜる音で目を覚ました。

異変に気づいて身体《からだ》を起こすと、寝台の向こうに父の背中が見えた。

こんな夜更けになにをしているのだろう。

ぶつぶつと聞き取れない言葉を口にしながらなにかに没頭している父の様子に首をかし

げながら、黎禾は不思議に思った。

まだ夜のはずなのに、どうして父だとわかったのだろう。寝る前に灯《あか》りは消したはずなのに——。

しかし気がつけば、暗いはずの部屋は赤黒く燃えさかる炎に舐《な》めあげられ、今や強烈な西日に照らされているかのように真っ赤になっていた。

しかも火はいつのまにか黎禾が座る寝台に忍びより、天蓋《てんがい》から下がる布を燃やしはじめていた。

『っ——』

茫然《ぼうぜん》としているうちに手首の下に熱い痛みを感じて、黎禾は声を上げる。しかし大きな甕《かめ》を抱え柄杓《ひしゃく》で油をまき続ける父の異様な背中が恐ろしく、幼い黎禾は身動きひとつできない。

『黎禾！』

そのとき部屋に駆けこんできた母が、黎禾の手を取り窓に走った。

突然襲った浮遊感に、黎禾は思わず目をつむる。

そして場違いなほど香る夾竹桃《きょうちくとう》の甘い匂《にお》いを感じた直後、バキバキと生木の裂ける音とともに、黎禾の身体のあちこちを痛みが襲った。二階から突き落とされたことに気づいたときには、降り注ぐ白い花弁の向こうに、燃えさかる屋敷《やしき》が見えた。

『母さま……？　誰か母さまを助けて⁉　まだなかにいるのよ！』

　枝がこすれた傷だけでなく、火傷《やけど》を負っていた腕がじんじんと痛む。我に返って声を上げるが、すでに弟を連れて外に逃げていた奉公人たちに抱きかかえられ、黎禾は屋敷から引き離されてしまう。

『駄目よ！　お願い、母さまを助けて……!!』

　そして黎禾は、ますます激しくなる火の手にそう叫び続けることしかできなかったのだ──。


「それでは、母君は火事で亡くなったのか？」

　ふいにそのとき、緋色の悪夢に沈んでいた黎禾をすくいあげるように低い声が割りこんだ。

　母君なんて、ずいぶん堅苦しい言い方だ。そう思いながら、黎禾はうなずいた。

「痛ましいな……」

　すぐ近くでふたたび聞こえたその声に、黎禾は思い出す。

　そうだ。母の亡くなったときのことを訊《き》かれて、それで久しぶりにあのときのことを思い出してしまったのだ。

うっすらと目蓋《まぶた》を開くと、夜なのか、薄暗くてよく見ることができない。遠くにひとつ提灯《ちょうちん》の明かりがぼんやりと見えるだけで、隣にいるのが誰かはわからなかった。

「母君から、父上の話は聞いているかい？」

父？

紅《あか》く燃えさかる屋敷が脳裏に浮かび、黎禾は答えた。

「私に父親なんていないわ……」

あんな人は父ではない。暴力で妻と子供を支配するような、あんな男は——。

母を助けられなかったことを思い出すと、鼻の奥が痛んだ。涙を隠したくて目元を覆うが、次第に我慢するのがつらくなり、もういいやと投げやりな気持ちになる。

（これもきっと夢。だから、泣いたっていいじゃない）

人のいるところでは、泣くことなんてできない。しかし夢のなかでくらい、黎禾は自由のはずだ。

そう思うと、涙がぽろぽろとこぼれてくる。

「父親がいないなんて、そんな哀《かな》しいことは言わないでくれ。たしかに父上は、君を深く傷つけたのかもしれないが……」

なだめるように髪を撫《な》でられ、その心地よさに黎禾は考えることをやめた。

「名前は？」

「黎禾――」

答えると、頰《ほお》を大きな手のひらで包み込まれる。

「黎禾。もうなにも心配しなくていいよ」

そう言われると、なぜだか黎禾は安心してしまい、ふたたび深い眠りについたのだった。

＊

目覚めたとき、黎禾は天蓋つきの寝台の上にいた。

陽光に満ちた室内には草花が描かれた大きな絨毯《じゅうたん》が敷かれ、蓮《はす》の花が描かれた高い天井からは、細工も美しい大きな灯籠《とうろう》がいくつも吊《つ》り下《さ》げられている。すべらかな絹の敷布《しきふ》と布団の感触に戸惑いながら身を起こす。すると頭がずきりと痛み、黎禾は声を上げた。

反射的にこめかみを押さえると、手当てをされているのか布の感触がある。

「どうしてこんな怪我《けが》……」

つぶやいているうちに、脳裏にいろいろなことが浮かんでくる。

冥婚《めいこん》のために成州《せいしゅう》藩に向かっていたこと。

しかし道中である邯達《かんたつ》の宿から記憶が飛んでいること。

そして目が覚めたときには、娼館《しょうかん》に売られる女たちのなかにいて、夜道を歩かされたこと——。

「つまり、ここは娼館っていうこと……？」

見事な彫刻が施された調度の数々に、鮮やかに彩色された磁器。目隠しのためにところどころ天井から垂れている布はすべて絹で、やわらかな光を弾《はじ》いている。

きっと、裕福な客を相手にする高級娼館に違いない。

かすかな白檀《びゃくだん》の香りに鼻腔《びこう》をくすぐられながら、黎禾はふたたび室内を見まわす。しかしほかに人の気配はなく、一緒に連れてこられた娘たちは、ここにはいないようだった。

「橙莉《とうり》は大丈夫かしら……」

邯達の宿で一緒にいたはずの橙莉のことを思い出すと、黎禾の胸に一抹の不安がこみあげてくる。なぜなら人買いのところで目が覚めたとき彼女の姿はなく、黎禾はひとりで娘たちが集められた廃寺にいたからだ。

人買いに質《ただ》したところ、ともに捕らえた娘はいないと言っていたので、うまく逃げおおせたのだろう。不安がすべて拭《ぬぐ》えたわけではなかったが、きっと無事に違いないと黎禾は自分に言い聞かせる。

「っ……そうよ。佩玉《はいぎょく》……！」

橙莉から預かったその存在を思い出し、黎禾は慌てて自分の身体を検《あらた》めた。

しかし、廃寺から出されるときに人買いに奪われてしまったそれはやはり見つからず、黎禾は途方にくれる。

橙莉にとって大切な父親の形見を失ってしまうなんて――。

そう唇を嚙《か》みしめた、そのときだった。

「お目覚めでございますか？」

涼やかな声がかけられ顔を上げると、色とりどりの長袍《ちょうほう》をまとった女たちが、しずしずと部屋へ入ってくるところだった。

一列になってやってきた彼女たちの手には、顔を洗うための盥《たらい》や、水差し、着替えなどがそれぞれ掲げられている。

娼館だけあって、女性の姿しかない。きっと客以外の男性は、部屋へ入っては来られないのだろう。

（とりあえず逃げなくては……）

そう思った黎禾は、女たちが近づいてきた一瞬を狙《ねら》って、手近にあった布団を投げつけた。そして彼女たちが悲鳴を上げた隙《すき》に、その脇《わき》をすり抜ける。

「お待ちください！」

突然駆けだした黎禾に向かって、女たちが混乱したように声を上げる。

かまわず黎禾は、彼女たちが入ってきた装飾彫りの美しい扉を開け放った。すると隣はさらに大きな部屋になっていて、思わず叫んでしまう。

「どれだけ高級な娼館なの……!?」

先ほどの部屋が寝室ならば、こちらは居間だろうか。

新入りの娼妓《しょうぎ》ひとりにそれだけの部屋を用意する娼館に驚きながらも、黎禾は戸口に向かってひた走る。

廊下に飛び出すと、その先に扉が開け放たれ、陽光の差し込む出入り口が目に入る。しかしそこから屋外へと抜けた黎禾は、途方にくれてしまう。

目の前に広がっていたのは道でも庭でもなく、白い石畳の敷かれた大きな広場だったからだ。しかも奥には同じような形の建物が並び、そのまわりを赤くそびえたつ壁が囲んでいる。

「なに、ここ……?」

娼館にしては広すぎる。

ようやくそう思って足を止めた黎禾だったが、扉の両脇に立っていた女たちが、槍《やり》を手に鋭い声を向けてくる。

「ここから先は、許可なくば入れませぬぞ!」

彼女たちの向けてきた槍にさらに驚いた黎禾は、ふたたび走り出してしまう。

「待たれよ！」

慌てて周囲を見まわすと、赤い壁に丸く穿《うが》たれた月洞門《げつどうもん》がひとつあることに気づく。黎禾を呼び止める声が響き渡り、広場を歩いていた女性たちが何事かと視線を向けてくるが、かまうつもりもなかった。

しかしその門をくぐりぬけようとしたときだ。黎禾は反対側からやってきた人物にぶつかり、弾かれるように石畳を転がってしまう。

「痛った……」

顔をしかめながら視先を上げると、相手は侍女と思われる者を幾人も引き連れた女性だった。彼女は黎禾と同じように石畳に手をつき、うめき声をもらしている。

きっとこの娼館の一番の娼妓に違いない。ひと目でそう思うほど、彼女は豪華な絹の長袍を身にまとい、結い上げた髪に玉をちりばめた髪飾りをいくつも挿し、そしてわずかな隙もないほど整った化粧をしていた。

「ごめんなさ――」

「ぶ、無礼者！　わたくしを誰だと思っているの⁉」

謝りかけた黎禾を遮り、女が甲高い声を上げる。

「誰って……」

あまりの剣幕に黎禾が言葉を失っていると、女ははっと気づいた様子で叫んだ。

「おまえね!?　隆翔《りゅうしょう》様が城下から連れ込んだ女というのは！　わたくしという者がいるのにどうして……！」

なにを言われているかわからずにいると、槍を手に黎禾を追いかけてきた女たちが、彼女に気づいて息を呑《の》む。そして一斉に跪《ひざまず》くと、口をそろえて言った。

「荘貴人《そうきじん》！」

「これはいったいどういうこと!?　ここが皇上のおわす皇城と知っての狼藉《ろうぜき》なの!?」

皇城――？

荘貴人と呼ばれた女の言葉に、黎禾は目を見開いた。

（ただの娼館にしては広すぎると思っていたけど……。でも、皇城だなんて、まさか――）

冗談だと思いながらも、しかし目の前で〝貴人〟に向かって跪いている女たちは真剣そのものだ。

「そんな格好でうろつくなんて、隆翔様を――延《ひ》いては皇上を侮辱するつもりね？　杖《じょう》を持ちなさい。この女を杖刑とするのよ！」

言われてはじめて黎禾は、自分が寝衣をまとっていることに気づく。しかしそれだけでなぜ杖罪になどされなければならないのか。

唖然《あぜん》としているうちに黎禾は、槍を手にした女たちに押さえ込まれてしまう。そして荘貴人の後ろから進み出てきた女の手にある人の足ほどもある太い杖に、息を呑んだ。

背中や臀部《でんぶ》を叩《たた》かれつづける杖刑は、普通は盗みや傷害の罪に対して行われる刑罰だ。何度も打たれれば骨が砕けて死んでしまう場合さえあり、屈強な男性でも耐えられないとされている。

いくら打ち手が女性とはいえ、叩かれては無傷ではいられない。そう思った黎禾は、必死に抵抗したが、多勢に無勢でどうすることもできない。

「お待ちください、荘貴人！　この方はただの宮女ではありません！」

すると部屋から黎禾を追ってきたと思われる女が、ようやくたどり着いたという体《てい》で荘貴人の前に膝《ひざ》をついた。

「ただの宮女ではない？　だったらなんだというの？」

そして息せき切りながら声を上げる。

「この方は……皇上の公主様です！」

(公主――？)

なにを言っているのか。押さえつけられたまま黎禾が思っていると、荘貴人が高らかな笑い声を上げた。

「ほほほほほ！　なにを馬鹿《ばか》なことを！　おまえ、ただの遊び女ふぜいがみずからを公主と偽るなんて、自身はおろか族滅となるほどの大罪よ。わかっているの？」

(わかっているのかって訊かれても……)

黎禾は遊び女ではないし、ましてや公主などでもない。

自分から告げたわけでもないのに、どうしてこんな目に遭わなければならないのか――。

そう思ったとき、静かだが力強い声がその場に割りこんだ。

「その話は本当だ」

「隆翔様……!」

「皇太子殿下!」

それとともに、黎禾を押さえ込んでいた腕が外れる。そしてその場にいた女たちがみな石畳に跪いた。

(皇太子……?)

くびきから脱して座りこんだ黎禾の瞳《ひとみ》に映ったのは、琥珀《こはく》色の龍袍をまとった、二十歳をいくつか超えたと思われる男性だった。

均整の取れた体軀《たいく》に、女性としては上背のある黎禾よりもおそらく頭半分ほど背が高い。理知的な眉《まゆ》に引き締まった頰――、そして少しくせのある薄茶色の髪と榛《はしばみ》色の眼は北方の血を感じさせた。

彼は、ゆっくりと黎禾に歩み寄ると、茫然としている彼女の手を取って立たせる。そして荘貴人に向かって口を開いた。

「皇上は、すでに彼女を泰懐《たいかい》公主として封じられる意向を示されている」

「まさか、そんな……。皇上には、公主様などいらっしゃらないはずでは……」

「二十二年前に行方《ゆくえ》がわからなくなった阮妃《げんひ》とその子を、皇上はずっと捜しておられた。そのくらい君も聞いたことがあるだろう？」

――行方がわからなくなった阮妃とその子？

やはり意味がわからずに黎禾が眉をひそめているうちに、荘貴人は絶句した様子で皇太子と呼ばれた男を見上げる。

「それが、この娘だと――？」

そして荘貴人は、青ざめた表情で言い訳するように口を開く。

「その、この後宮の秩序を守るのは、わたくしの務めと思って――」

「君が？　私の妃《ひ》でもない君にそんな権限があるとでも？」

やわらかいながらも有無を言わせない口調に、荘貴人は声をつまらせて石畳に手をついた。

「も、申し訳ありませんでした……！」

何が起こったのだろう。

＊

黎禾はそう思いながら目の前で紫檀《したん》の椅子《いす》に座っている若者を見つめた。しかし正視してはいけない気がして、革の長靴に包まれたそのつま先を――。

「ああ、その青は違うな。長袍はそっちの臙脂《えんじ》色がいい。とりあえず平服でいいから」

自失状態の黎禾をよそに、皇太子――隆翔と名乗った彼は、鷹揚《おうよう》な口調で周囲の女たちに命じている。

（私が、公主――？　皇帝の？）

いったいなにがどうなって、そういうことになったのか。

黎禾は、都で茶葉商を営んでいた汪《おう》家の娘だ。父母の顔もきちんと覚えているし、公主であるはずがない。

しかしまるで当然のように黎禾を妹として扱ってくる皇太子隆翔に、戸惑いを禁じ得なかった。

「耳環《じかん》は珊瑚《さんご》……いや真珠のほうがいいか。ああ、髪飾りとそろえよう」

色とりどりの長袍をまとい、隆翔の命令にひとつひとつ応《こた》えている女たちは、みな皇城に仕える女官なのだという。

その女官たちは、わけもわからないまま最初に寝かされていた部屋に戻された黎禾に向かって、我先にと跪き〝公主〟の目覚めを悦《よろこ》ぶ口上を述べた。部屋から脱走しようとしたことを怒る気配さえなかった。

状況がさっぱりわからず、黎禾は事情を知っていると思われる隆翔を問い質したくてならなかった。しかし相手が皇太子である以上、その言葉を遮るわけにもいかず、それどころか直接話しかけていいかさえわからない。

黎禾にできるのは、彼が指示したものを着せようとする女官の為すがままとなることだけだ。

「ずいぶん混乱しているようだね。まあだいぶ強く頭を打ったから、無理もないか」

卓を挟んだ隣の椅子に寝衣から着替え終わった黎禾を座らせると、隆翔は彼女の額に手を伸ばしてくる。

無遠慮に触れられることに驚きながらも、黎禾は傷を負ったときのことを思い出して眉を寄せる。娼館に連れていかれそうになったとき、一緒に歩いていた娘たちを逃がそうとして、剣の柄で殴られたのだ。

（そういえば、あのとき後ろから騎馬兵が襲ってきた。もしかしてあれは官兵で、それで私たちは助けられたのかしら）

殴られて意識を失ったのか、それ以降の記憶があいまいだ。しかしその考えが正しければ、黎禾が皇城に連れてこられたことと、なにか関係があるかもしれない。

「大丈夫だ。瘤《こぶ》にはなっているけど、痕《あと》に残るような傷じゃない」

考えこむ黎禾の様子に、隆翔は傷痕を心配してのことだと思ったのだろう。女官に持たせた鏡を、彼女に差し出した。

断るわけにもいかずに鏡を見ると、傷は額に垂らされた髪でうまく隠されている。しかしそれ以上に黎禾の目を引いたのは、淡い化粧を施され、美しく飾り立てられた自分の姿だった。

これまで化粧はおろか、いつも男物の服をまとって駆けまわっていた黎禾である。あまりに場違いに思える自分の姿にぞっとして、思わず鏡を伏せてしまう。

「そちらの傷はどうしたんだ……?」

すると女性ものの広い袖《そで》の奥が覗《のぞ》いたのだろう。黎禾の腕の内側にある火傷に気づいて、隆翔が訊《たず》ねてくる。

無遠慮に袖をめくり上げようとする隆翔に、黎禾は慌てて口を開く。

「これは、子供のころのもので、今回負ったものでは……」

母が亡くなった火事で黎禾の腕に残った火傷の痕である。誰にも話したくない過去の記憶に触れられ、そう答えるのが精いっぱいだった。

するとその気持ちが伝わったのか、隆翔は深く詮索《せんさく》するようなことはせず話を変えた。

「先ほどは悪かった。あれは荘貴人といって、皇弟である荘廉王《そうれんおう》の娘——つまり私たちにとっては従姉妹《いとこ》にあたる。あのとおり気性が激しいだけじゃなくて、妃でもないのに父親の権力を笠《かさ》に着るものだから、私も困っているんだ」

「……妃ではない？」

荘貴人は、黎禾のことを隆翔が城下から連れ込んだ遊び女と思って激怒したようだった。彼の妃でないとしたら、『わたくしという者がいるのに』などと言うだろうか。

黎禾が矛盾を感じたことに気づいたのか、隆翔が説明する。

「貴人というのは、たんなる後宮の役職のひとつだよ。皇太子宮では、皇帝を差し置いて、妃以上の冊封《さくほう》をすることは、よっぽどのことがないかぎり難しいからね」

それはつまり、たんなる位のある宮女だと言っているのか、正式にはまだ妃でないだけで実質的にはそういう関係なのか。

「君を皇城に連れてきたのは極秘だったから、どうやら噂《うわさ》を聞きつけて勘違いしたようだ。不快な思いをさせて悪かったが、君が公主と知った以上、彼女もこれ以上の非礼は慎むはず——」

「あの、皇太子殿下——」

黎禾が公主であることを前提に話されることが耐えられず、思わず皇太子の言葉を遮ってしまう。

「他人行儀だな。兄上と呼んでくれ」

「兄上⁉」

意を決して話しかけたというのに、頓珍漢《とんちんかん》に返されて、黎禾は声を上げてしまう。慌てて口を押さえたが、隆翔は気にした様子もなく言った。

「嫌なら、隆翔でもいい。兄妹《きょうだい》だろう？」

（そういうことじゃないんだけど……）

どうやら彼は、本気で黎禾を自分の妹——稜《りょう》の公主であると思っているらしい。

しかし皇太子に面と向かって間違っているなどと言うわけにもいかず、黎禾はどう話したものかと思い悩む。そして慎重に言葉を選びながら訊ねた。

「私、娼館に連れていかれる途中から記憶がないのですが……」

殴られた額の傷に触れながら言うと、隆翔は「ああ」と納得したようにうなずいてから口を開く。

「捕らえた人買いから君が娼館に連れていかれたと聞いて、追いかけたんだ。私が行ったときには、君は男に殴られていて、慌てて助けに入ったよ」

「助けに入った？　皇太子みずから？」

黎禾は驚いた。皇族というものは、皇城から一歩も出ず、厚い警護に守られているものだと思っていたからだ。

「無茶なことをする。大事にならなくて本当によかった」

そう頭を撫でてくる隆翔に居心地悪く思いながら、しかし黎禾はうっすらと思い出しはじめる。

たしかに見張り役の男に殴られたあと、誰かに抱き起こされた。あれが隆翔だったのだろうか。

そして彼はたしか――。

「ああ、そうだ。これを返しておかなければね」

しかし記憶をたどりかけた黎禾に、隆翔が思い出したように声を上げる。そして彼が袖の中から取り出したものに、彼女は息を吞んだ。

「佩玉……」

それは、人買いに奪われたと思った橙莉の佩玉だった。

「どうして……?」

戻ってきたことを心の底からよかったと思いながら手のひらに握りしめ、黎禾は隆翔を見上げた。

なぜ皇太子である隆翔が、この佩玉を持っていたのだろう。そう考えたのが顔に出たのか、彼が事の経緯を説明してくる。

「それのおかげで、君を見つけることができたんだ」

「これのおかげで……？」

「市中に出たときに、たまたま商店でそれを見かけてね。父上が昔使われていた龍紋が刻まれていたから驚いて、皇城に持ち帰って訊ねたんだ。そうしたら、昔失踪した妃に贈られたものだと。それで慌てて商店から売り主をたどっているうちに、君が娼館に売られそうになっていることを突き止めたんだ」

（ちょっと待って。ということは、私は橙莉と間違えられているということ？　橙莉が公主なの？）

隆翔の説明に、黎禾はようやく状況をつかみはじめる。

茫然と見上げると、彼のゆるやかに波打つ頭髪は、たしかに橙莉によく似ている。それだけではない。彼の榛色のやわらかな目元も、どことなく橙莉を彷彿《ほうふつ》とさせた。兄妹と言われればなんの違和感もない。

「どうして、佩玉を持っていただけで……」

「血を分けた妹だよ。わからないはずがない」

（わかってないじゃない！）

きっぱりと言った隆翔に、黎禾は心のなかで叫んだ。

まったくの勘違いだと声を上げて正したかったが、先ほどの荘貴人の言葉が脳裏に響き、黎禾はそう口にすることをためらう。

『みずからを公主と偽るなんて、自身はおろか族滅となるほどの大罪よ』

(今さら違うって言ったら、族滅になるの？)

族滅とは、親類縁者がすべて処刑されるもっとも重い刑罰のことだ。そうなれば、自分だけでなく、弟や叔父まで死ななければならなくなる。

弟の首が飛ぶ瞬間を思い浮かべ、黎禾はぞっと身体を震わせた。

(だって私、『そうよ』って言ってしまった……！)

人買いたちから助けられたときのことを思い出し、黎禾は蒼白《そうはく》になる。

隆翔に佩玉を見せられ、『君のものなんだな？』と問われたとき、黎禾はたしかにうなずいてしまった。

あのときは、橙莉の佩玉を取り戻すことに夢中で、なにも考えずに答えてしまったのだ。

まさかそれだけで死罪になるなんて信じられなかったが、皇城内を寝衣で歩いただけで、杖刑にされかかったことを思い出すと、ありえないと笑い飛ばせなかった。

(どうしよう……)

じわじわとせりあがってくる焦燥感に黎禾はあえぐ。しかしそんな彼女をさらに追い詰めるように、女官の声が響いた。

「皇上のお成りです」

それとともに明黄色の龍袍をまとった中肉中背の男性が部屋へとやってきて、隆翔をはじめとして、女官たちが一斉に膝をつく。

慌てて黎禾も膝を折ろうとしたが、その前に駆け寄ってきた皇帝に手を取られ引き寄せられてしまう。

「目が覚めてよかった」

「あの……」

この人が皇帝――稜の二代皇帝である嘉政帝《かせいてい》なのだろうか。

そう戸惑う黎禾をよそに、皇帝は目に涙をにじませその場に崩れ落ちた。

「本当に、無事でよかった。余を許しておくれ……」

至高の存在であるはずの皇帝が目の前で涙を流す姿に、黎禾はどうしてよいかわからない。とても「公主ではない」などと言いだせる雰囲気ではなかった。

「父上。こうして無事捜し当てることができたのですから、そう嘆かないでください」

「そうだな、隆翔よ。おまえの言うとおりだ」

息子になだめられると、皇帝は涙を拭って立ち上がる。そして黎禾を見つめてから、記憶をたどるように眼差《まなざ》しを伏せる。

「そなたの母――桃花《とうか》は、心根のやさしい女子《おなご》であった」

桃花──それはたしかに、橙莉から聞いたことのある彼女の母親の名前だ。

「余はまだ公国の公子にすぎない身の上だったが、彼女は余になにも告げずに、ある日忽《こつ》然《ぜん》と姿を消してしまった。最初はなぜかわからなかったが、あとから桃花が身ごもっていたことを知って合点《がてん》がいった。すべてはそなたを守るためだったのだと……」

必死で行方を捜したころ愁《しゅう》に逃れて娘を産んだことまでは突き止めたが、すぐにその愁との戦がはじまり、混乱の中で見つけることができなかったのだと、皇帝は話した。

（やっぱり間違いない。橙莉が本当の公主なんだわ。でも、身ごもっていた橙莉を守るためって、どういうこと？）

橙莉が黎禾のもとへ来たのは、彼女も同じ八歳のときだ。彼女の母はすでに亡くなっていて、黎禾は会ったことがない。

しかし母を亡くしてから黎禾のもとへ来るまで、橙莉は孤児としてひどく辛酸をなめていた。それを知っている黎禾は、思わず訊ねてしまう。

「その、母……は、どうして皇上のもとを去ったのでしょう？」

橙莉の母が皇上のもとにとどまっていれば、橙莉がひとりで苦労することもなかったはずなのに──。

「余がすべて悪いのだ……」

しかし皇帝は、それ以上なにも語らずに涙をこぼすだけだ。

「さあ父上、まずは再会を祝しましょう」

隆翔にうながされて隣室に移ると、そこにはすでに酒宴の用意がされていた。目の前に並べられたのは見たこともないような豪華な食事だったが、ほとんど黎禾の喉《のど》を通らなかった。

「昨日は急だったので、とりあえず私の宮殿につれてきましたが、宮廷での生活に慣れるまで、このままでいいでしょう。正式な冊封大典ののちに、彼女の宮殿を用意するということで」

「冊封大典?」

聞きなれない言葉を耳にして、黎禾は隆翔へ視線を向ける。

「そう。泰懐公主の称号はすでに父上が決められているけれど、正式には、いずれ太和殿で百官を集めて大典を執り行うことになる」

(百官を集めてって……)

つまり公主として大々的に披露目をされるということを聞き、黎禾は顔を青ざめさせた。

「それまでに、宮中のしきたりとか作法とかをひととおり覚えておいてくれ」

「ええっ?」

そして当然のように告げた隆翔に、黎禾はそう声を上げるしかできないのだった。

＊

長いこと男性用の袍ばかりまとっていたせいだろう。裾《すそ》を蹴《け》りあげて歩く癖を直すようにと、ここ数日ずっと正しい歩き方を練習させられている黎禾は、そのせいでひどく痛む腰を押さえながら思った。

（もう、逃げるしかないわ――）

このまま公主として皇城にいて、いつまでも偽者であることが露見しないはずはない。発覚すれば、黎安《れいあん》まで道連れにして黎禾は処刑されることになる。

偽っているのは、黎禾が公主だということだけではない。

母が亡くなってからどのように生きてきたかを訊ねられた黎禾は、商家で小間使いをしていたことなど、彼女の知っているかぎりの橙莉の半生を話しておいた。

しかし明茶商会《めいちゃしょうかい》のことを話すわけにもいかず、ごまかすためにいくつも嘘《うそ》を重ねてしまったのだ。

そのうえ黎禾は、朦朧《もうろう》としている間に、自分の母親が火事で亡くなったことを話してしまっていたらしい。そのほかにもなにか語っている可能性もあり、どこで矛盾が生じるかわからなかった。

それに本物の公主は橙莉なのだ。

真実を知りながら、彼女を差し置いて黎禾が公主のままでいていいわけがない。早く彼女に報《しら》せてあげなければ。

天涯孤独と思っている橙莉が、家族というものに強いあこがれを持っていることを、黎禾は誰よりもよく知っていた。父と兄がいたと知れば、彼女はきっと心から喜ぶだろう。

（とにかく、冊封大典までになんとかして抜け出さないと——）

正式に黎禾を公主として披露目なんてされたら、大変なことになる。

もちろん公主を騙《かた》っていたとなれば、黎禾は草の根を分けて捜されることになるだろう。だから見つかる前に、外藩である成州藩に逃げこむのだ。大稜帝国のなかで唯一独自の統治権を持っている成州藩ならば、皇帝といえども黎禾を見つけることは難しくなるはず。

もともと成州藩に行くはずだったのだから、なんの問題もない。

（でも待って。私が人買いに捕まってしまってから、いったい何日経《た》っているの？）

皇城に連れてこられてしまったとなれば、たとえ橙莉が官憲に訴えて黎禾を捜してくれていたとしても、たどり着けるはずがない。

花嫁である黎禾が現れなければ、成州王は約束が反故《ほご》になったと、明茶商会に結納《ゆいのう》金の返還を求めてくるのではないだろうか。

しかし貰《もら》い受《う》けた金額はすでに借金の返済に充《あ》ててしまって、手元にはなにも残っていない。

返還が叶《かな》わないと知った成州王が、明茶商会を放っておくだろうか。たとえ相手が権力者でなかったとしても、詐欺として訴えられても仕方がない状況である。

黎禾は、ざっと血の気が引いた。

（一刻も早く皇城を出て、成州藩に行かなくては――）

すでに罪人とされていたとしても、事情を説明してわかってもらうしかない。

（問題は、どうやって抜け出すかということよ）

黎禾は先日、城下に出たいとさりげなく口にしてみたものの、隆翔にやんわりと止められたのだ。

『君はもう公主なんだ。ひとりで皇城から出すわけにはいかないに決まっているだろう』

護衛がつくならばつくで、市中に出てから撒《ま》けばいい。そう考えていた黎禾に、しかし隆翔はなだめるように言ったのだ。『今度私が連れ出してあげるから』と。

（外出ひとつ自由にできないなんて……）

公主とは、なんと不自由な存在なのだろうか。

（それに、皇城に閉じ込められているだけじゃないわ）

黎禾はため息をつきながら、天蓋にかかる羅布《らふ》の向こうの気配を探った。

精緻《せいち》な彫刻が施された寝台の外では、常に女官が控えていて、黎禾の一挙手一投足から目を離さないようにしている。

もちろんそれは、公主とされている黎禾の喉が渇いてそうであれば茶を淹《い》れ、汗ばむことがあれば団扇《だんせん》で煽《あお》ぎ、退屈をにじませれば菓子を勧めるためだ。

しかし商家の娘として勝手気ままにふるまってきた彼女にとって、常に他人の視線にさらされている状況は苦痛でならなかった。自分を取り巻く世界が目まぐるしく変化しているというのに、ゆっくり考え事をすることもできない。

ここ数日ずっと我慢していた黎禾だったが、とうとう耐えられなくなってしまった。そこで彼女は、気分が悪いと言って寝台に籠《こ》もることにしたのだ。

声がかかればすぐに駆けつけられるよう隣室でこちらの気配をうかがっているのだろうが、ここならば少なくとも人目を気にする必要がない。

（これで、しばらくゆっくりできる――）

しかし、天蓋から薄い絹を垂らし、ほっと息をつくことができたのもつかの間だった。

「公主様。皇太子殿下がいらっしゃいました」

「ええ!?」

扉の向こうから女官が声をかけてくると同時に、居間となっている隣室が騒がしくなる。慌てて天蓋の薄絹を開くと、隆翔が今まさに部屋へと入ってくるところだった。

（今度は何の用なの⁉）

黎禾は苛立《いらだ》ちを覚えた。

隆翔は、突然見つかった妹が気になるのか、用もないのにしきりに黎禾の部屋へやってくる。それが気を抜くことのできない理由のひとつになっているというのに、立場が立場なので追い返すこともできない。

「体調が悪いんだろう？　環境が変わって疲れが出たのかもしれないな」

嘘をついたのがあだになった。内心でそう悔やむ黎禾の前で、隆翔は無遠慮に彼女の寝台に腰を下ろした。そして熱を測るために彼女の額に触れてくる。

「たいしたことは……」

彼は黎禾を妹と思っているのだろうが、彼女にとっては他人の男性だ。気安く触れられることに抵抗を覚えながら、あたりさわりなく言って引き取ってもらおうとする。

しかし彼は、そんな黎禾の心に気づくことなく、「元気になれそうなものを持ってきた」と隣室から女官たちを呼び入れる。

列をなした彼女たちが手にしている黒塗りの盆に、黎禾は心のなかで「またか……」とため息をこぼした。

先日もそう言って、色鮮やかな長袍にはじまり、刺繡《ししゅう》の施された絹の手巾《しゅきん》、髪飾りや耳環などの装飾品を山と持ってきたのだ。

しかも今日は、体調が悪いと聞いたせいだろうか。桂皮《けいひ》や人参《にんじん》などをはじめとする生薬や、干し棗《なつめ》の甘露煮《かんろに》などの滋養によいとされる菓子が盛られた盆さえある。

「あのですね、殿下――」

「いいかげんに、かしこまった呼び方はやめてくれ。それに兄妹なんだから、言いたいことがあれば言えばいい」

「では、言わせていただきますが――」

「敬語も駄目だ」

「じゃあ、言わせてもらうけど――」

たとえ言葉遣いが無礼であったとしても、どうせ黎禾が偽りの公主であることに比べたら、たいした罪ではない。そう意を決した彼女は、まっすぐに隆翔を見上げて口を開いた。

「いろいろよくしてもらってありがたいと思っているけれど、もう充分だから。私ひとりではこんなに使いきれないし、ここにいる女官のみんなにでもあげてちょうだい」

「黎禾は無欲だな。これから皇城で生活していくなかで、いくらでも必要になるよ」

そう隆翔は笑ったが、長居するつもりのない黎禾には、やはり無用のものだ。

「物は欲しくないと言うなら、やりたいことはあるかい？　なんでもいいよ」

すると、まるでどんな願いでも叶えてやると言わんばかりの口調で、隆翔が言う。

どうしてここまで妹に気をつかうのか。そう不思議になった黎禾は、彼の顔を観察するように見上げた。

やわらかい物腰で敵を作りにくい性格の人だと思う一方、本音を探りにくく、なにを考えているのかつかめない。黎禾にとっては、警戒心を覚えさせる類《たぐ》いの男性である。

「――だったら私、外に出たいのだけど」

そう思った黎禾は、彼を試す意味も含めて、そう言ってみる。

すると隆翔はあっさりとうなずいた。

「いいよ。近いうちに私が連れていってあげよう」

「そうじゃなくて――」

冗談ではない。彼についてこられたら、逃げ出すことができないではないか。

期待しかけた黎禾は、隆翔の言葉に苛立ちがつのる。

「私はひとりで自由に歩きたいの！　人に見張られながら歩くなんて、絶対に嫌よ」

「見張るって……、君の安全のためだろう」

なんでもいいと言いながら、結局隆翔は、黎禾の望みを叶えようとはしない。

そのことに、黎禾は次第に腹が立ってきた。

そもそも公主になどなってしまったのは、隆翔が勝手に黎禾を妹だと思いこんだからではないか。

たしかに黎禾も、佩玉は自分のものだという偽りを口にした。しかしそれは、事情もわからない状況で佩玉を守ろうと、仕方なくついた嘘だ。

「ともかく、私は自分の行動を他人に制限されるのも、支配されるのも嫌いなの」

「支配だって？」

無意識に腕の火傷の痕に触れながら黎禾が顔を背けると、隆翔が思いがけない言葉を聞いたというように目を見開いた。

「君を支配しようとしているわけじゃない。ひとりで出歩くのは危険だと言っているだけじゃないか」

「わかるもんですか。男なんてみんな——」

女性を支配したがるものなのだ。

しかしそこまで言いかけて、黎禾ははっと口をつぐんだ。皇太子である隆翔にそこまで言うのは、非礼ではすまないと思ったからだ。

しかし隆翔は、怒るでもなく、黎禾をじっと見つめてくる。そして彼女のささくれだった感情をなだめるように、ぽんぽんと頭を撫でてくる。

「な、なに？」

「いや。いろいろあったんだろうと思ったから」

「な——」

「もう少し早く、見つけてあげられたらよかった」

心の底から悔やんでいるかのような彼の口調に、黎禾は急に罪悪感に駆られた。

彼は純粋に、見つかったと思っている妹の存在に喜んでいるだけで、悪い人ではないのだと。

「私は──」

しかし口を開きかけた黎禾は、はっと我に返って彼の身体を押し返した。そして近くなりすぎていた互いの距離を広げると、調子を取り戻そうと咳払《せきばら》いする。

「欲しいものならあるわ」

ひとりで外出することが許されないのならばと、黎禾は違うものを思いつく。

「なんだい？」

「お茶が飲みたいの」

「茶だって？　茶くらいいくらだって……」

隆翔は、黎禾の要求に驚いた表情を浮かべた。

「特別なお茶よ。成州藩の武萊山《ぶらいさん》というところで採れる、白茶が飲みたいの」

それは、産量が少なく、おそらく都では明茶商会でしか取り扱っていないはずの茶葉である。明茶商会が今も商いを続けているのならば、茶葉はすぐに届けられるだろう。

「わかった」

力強く請け合った隆翔に、これで少しは明茶商会の様子がわかるだろうと、黎禾はほっとする。

「どうしてそんなに機嫌がいいの？」

しかし満足そうな笑みを浮かべている隆翔に、訝《いぶか》しく思って訊ねる。

「君がようやく望みを言ったからね」

そう答えた隆翔の横顔が、どこか橙莉と似ていて、黎禾はどきりとする。

（本当に、橙莉のお兄さんなのね……）

早く彼女に報せてあげなければ――。

そう思うと、ますます黎禾の心ははやるのだった。

*

「今いるところが皇太子宮で、東にあるのが皇上の寝室がある清心殿と、執務室がある崇政殿。その南にあるのが儀式を行う太和殿、と――」

黎禾は方角を確認しながら、部屋から持ち出してきた紙におおまかな見取り図を書き入れていく。

皇城を出るにしても、まずは外門の位置を確認しなければならない。しかし皇城はあまりに広く、地図のひとつでもなければ迷ってしまうと思ったからだ。

ここ数日の間、作法などを学ばされる時間の隙をみつけては、散歩と称して女官に皇城内を案内させてきた。主だった建物の配置はすでにつかみ、外門を見つけるのも時間の問題と思われた。

（でも……）

『君がようやく望みを言ったからね』

先日の隆翔の笑顔が脳裏によみがえると、見取り図を書き込む手が止まってしまう。

彼だけではない。皇帝も多忙のなか時間をつくっては娘の顔を見ようとたびたび部屋までやってくる。

ようやく娘に会えたと思っているのだろう。相好《そうごう》を崩すその姿は、至高の存在というよりは、娘の成長を悦《よろこ》ぶ父親そのもので、黎禾は勝手に皇城から出ていくことにためらいを覚えはじめていた。

（錯覚してしまいそう。皇上が、私の本当のお父様だって……）

黎禾の父は、気が弱いくせに酒を飲んでは母や黎禾に暴力を振るう最低の男だった。そんな父親しか知らなかった黎禾は、あれほどにもやさしい父親がこの世の中にいることに戸惑うばかりだ。

だが、たとえそうだとしても皇上は、橙莉の父だ。

やさしくされればされるほど、嘘をついていることが心苦しく、ますますどうしていいかわからない。

ため息をこぼしながら黎禾は、ふたたび見取り図に視線を落とす。

黎禾の部屋があるのは、皇太子宮のなかでも、栄心殿という皇太子の私的な宮殿の一角だ。

皇太子宮は皇城のなかでも独立した区画であり、栄心殿の南側には、普段隆翔が執務を行う永政殿が沿うように建てられている。そしてその反対側、栄心殿の北側には、黎禾が皇城に来たばかりのときに迷いこんだ彼の後宮が広がっている。

(後宮って……)

見取り図に書き込みながら、頭に浮かんだ隆翔の顔に黎禾は内心で毒づいた。

あんなにもやさしい兄の顔をして、女性を取っかえひっかえしているのかと思うと、あきれる気持ちを抑えられない。

(きっとあんな人がわんさかいるんでしょうね)

そして黎禾は、皇城に到着したばかりの彼女を杖刑にしようとした荘貴人のことを思い出す。

美しいけれど傲慢《ごうまん》で、そして冷たい——。

(皇太子は、あの人のなにが気に入って、お妃《きさき》にしているのかしら)

彼は荘貴人のことを『妃ではない』と言っていたが、それは宮中での位号のことで、実質的にはそういう存在だろう。

ふとそんなことが気になり、しかし黎禾は自分には関係ないと慌てて首を振る。金や権力を手にしている男なんてみんな、女性を侍《はべ》らすことに余念がないのだろう。

「でも、あれ。そういえば皇上にはお妃がまったくいないって……」

しかし眉をひそめていた黎禾は、清心殿の北側にある皇帝の後宮が、今は閉鎖されて使われていないという女官の話を思い出す。

そもそも本来であれば、公主の世話をはじめ、皇城の内向きのことを取り仕切るのは皇后の仕事のはずだ。

しかし皇后は現在皇城を不在にしているらしく、代わりとなる妾妃《しょうひ》も後宮にいないらしい。そのため皇太子である隆翔が、自分の宮殿に黎禾を引き取り、なにかと気にかけてくれているのだと、女官は言っていたのだ。

「普通、皇上にはたくさんお妃がいそうなものだけど……」

なぜ妾妃がひとりもいないかという問いには、女官は答えてくれなかった。

首をかしげた黎禾だったが、しかし今はそれどころではないと思いなおす。

「まずは、皇太子宮から出ないと……」

朝に弱くて起きられないと嘘をつき、寝台からそっと抜け出してきたのだ。ゆっくりしていたら、女官たちに不在がばれてしまうだろう。

そう思いながら黎禾は、皇太子宮の南門までやってくる。そして自分で書いた外出許可証を取り出し公主の遣いだと口にすると、見張り役の兵士は女官姿の彼女を、疑うことなく通してくれる。

目指すは、城下へと出ることのできる皇城の正門、大清門だ。

早朝のため、出仕している者はまだ少なかったが、顔を見られないように伏せながら、黎禾は外廷《がいてい》を進む。どうやって城壁の外に出るかはともかく、今日のうちに大清門の位置だけでも確認したかった。

そう考えながら歩きだした黎禾だったが、しかし人目を避けて大きな通りから外れたのがまずかったのだろう。似たような建物が続くなかで、いつしか自分がどこにいるかわからなくなってしまう。

しかも、道を戻ろうとしたところで庭園のようなところに出てしまい、彼女は困りはてた。少しずつ強くなってくる日差しのなか、少し落ち着こうと建物の壁に身を寄せる。

「それにしても、明茶商会がつぶれていないようでよかったわ」

深まる夏の空を仰ぎながら黎禾は、昨夜ようやく飲むことのできた武萊山の白茶の味を思い出して、しみじみと思う。

茶葉の品質も落ちている様子はなかったし、明茶商会に直接買い付けに行った女官にそれとなく聞いた話でも、とくに商いに問題があるようには見えなかったという。

しかも明茶商会は、これから週に一度、皇城に茶葉を納入することが決まったらしい。

そうなれば万一自力で脱出できなくても、もしかしたら納品に来た者を通じて自分の無事を報せることができるかもしれない。

そう考えたときだった。

「李洪《りこう》のやつが寝返っただと⁉」

ふいに男の怒声が聞こえてきて、黎禾はびくりと肩を震わせる。

「間違いありません。李洪の奴《やつ》、最近とみに皇太子宮に出入りをしております。そのうえ奴は、先日荘廉王様の生誕を祝う宴《うたげ》を、体調不良を理由に欠席しております。おそらく、我らを裏切り、皇太子に膝を屈したに違いありません」

皇太子の話をしている――？

近づいてくる声に思わず耳をそばだてた黎禾は、柱の陰からそっと声の主たちを覗きこむ。

するとそこでは、ふたりの男が話しながら歩いていた。ひとりは黒色の朝袍を、そしてもうひとりは藍色《あいいろ》の龍袍をまとっている。

（龍袍を着ているっていうことは、皇族かしら……）

しかし皇太子である隆翔には、公主とされている黎禾以外に兄弟はいないはずである。

年齢的にも、皇帝の兄弟だろうか。

「隆翔のやつめ！　もう一刻の猶予もならん」

そう思っていると、龍袍をまとった男が足を止めた。

「荘廉王様、さきほどからお声が大きゅうございます」

すぐに立ち去っていくものと思っていた黎禾が内心で慌てていると、朝袍を着ているほうの男が龍袍の男を諭すように言う。しかし荘廉王と呼ばれた男は、かまうことなく歯ぎしりせんばかりの口調で続けた。

「誰に聞かれてもかまうものか。あの小倅《こせがれ》、最近とくに政《まつりごと》に口を出すようになってやっかいだと思っていたら、まさか李洪まで籠絡《ろうらく》するとは……！」

「落ち着いてくださいい、荘廉王様。たとえそうであっても我らの圧倒的な優位は変わりません。大稜帝国の軍をあずかる五旗の軍のうち、我ら藍《らん》旗軍だけでなく、黒旗軍、紅旗軍も、閣下に忠誠を誓っておるではありませんか。今さら李洪の白旗軍が寝返ろうと、問題などありませせぬ」

朝袍の男は、なだめるようにそう話す。

「そうは言うが、栄禄《えいろく》よ。隆翔のやつももう二十四。最近とみに力をつけてきて、油断がならない。先だってもあやつ、成州藩の後継ぎを都に呼び寄せることを皇上に進言しておった」

「それはつまり……、人質ということですか？　たしか成州藩と言えば、荘廉王様が娘御を嫁がせる予定であったはず」

「そうだ。隆翔め。その話を知ってか、世子を人質にとって、成州藩を押さえ込むつもりなのだろう。しかもそれが関係しているのか、なぜか成州王も急に態度を変えおって、わしに破談を告げてきおった」

荘廉王が忌々《いまいま》しげに話すと、彼につかまれていた山茶花《さざんか》の枝が、音をたてて折れた。

（もしかして私、とてもまずい話を聞いてしまっているの？）

彼らの話の半分以上は理解できなかったが、それでも交わされる不穏な空気に黎禾の肌が粟立《あわだ》った。

「しかも当の世子め、その直後に貴賤《きせん》結婚をしたというのだ。おそらく、わしにたいする当てつけに違いない」

「まさか、李洪のように寝返ったのでは？　成州藩の兵力は一旗軍にも匹敵します。もしそうなれば、少々やっかいですぞ？」

栄禄と呼ばれていた男がそう言うと、荘廉王はうなるような声を上げる。

「やはり成州藩のような半端な外藩は、さっさと討ち滅ぼしておればよかったのだ！」

「ですが成州王は荘廉王様と並ぶ戦上手。老いたとはいえ、あなどれませんぞ。北の異民族のような烏合《うごう》の衆と戦うのとは違い、正面からぶつかれば大きな内乱へと発展するでしょう。成州藩を滅ぼすならば、なおさら先に目的を遂行し、全旗軍を掌握することが肝要です」

とにかくここから離れなくては――。

そう思った黎禾が、踵《きびす》を返そうとしたときだった。落ちていた枝を踏み、彼女はパキリと乾いた音をたててしまう。

「誰だ⁉」

険しい誰何《すいか》の声に、黎禾はどきりとする。そして近づいてくる足音に、慌てて周囲を見まわした。

どこか隠れるところは――。

そう思った瞬間、黎禾は突然背後から伸びてきた手に口元を覆われる。そして声を出す間もなく、庭園の植え込みのなかに引き込まれたのだった。

第三章

「では、そのときが来たら領侍衛府《りょうじえいふ》から二百名ほど引き連れ、屋敷《やしき》を押さえるということでいいですね？　それと同時に、黒旗と紅旗それぞれの旗王の身柄も拘束、ということで──」

鳳凰楼《ほうおうろう》の最上階に位置する部屋で、地図でひとつひとつ場所を指さしながら、宏傑《こうけつ》が夜通し詰めた計画の内容をまとめる。

「それでいい。ああ、いや。念のため驍騎《ぎょうき》営の副都統も押さえてくれ。あいつはどうも信用できない。おそらく荘廉王《そうれんおう》とつながっているだろう」

隆翔《りゅうしょう》は一度うなずきながらも、付け加えるように口を開く。

「それと同時に、歩軍営に所属している黄旗軍に臨陽《りんよう》の城門を閉じさせ、猫一匹通すな。それぞれの旗軍の屯地に連絡が行くのが遅ければ遅いほど、こちらの有利になる。李洪《りこう》の白旗軍は、藍《らん》旗軍の本体を牽制《けんせい》するために屯地に待機させ、万一両軍が動くことがあれば、その後背を突かせろ」

「わかりました」

うなずいた宏傑から視線を外し、隆翔はあくびをかみ殺しながら露台へとつながる扉を開け放つ。

この皇城が愁《しゅう》帝国のものだったとき、皇帝が寵妃《ちょうひ》と月を愛《め》でるために造らせたという鳳凰楼は、三階建てというだけでなく高台に建てられているために皇城内がよく見渡せる。

晴れ渡った空に今日も暑くなりそうだと思いながら、隆翔は眠気を覚まそうと、朝の清涼な空気を吸い込む。

「どうします？　朝議までもう少しありますが、こちらに朝食を運ばせますか？」

「黎禾《れいか》のところで食べるからいい」

眼下に見える栄心殿に視線を向けながら、隆翔は答える。すると宏傑が苦笑した様子で彼に言った。

「ずいぶん妹君を可愛《かわい》がっていらっしゃいますよね」

「悪いのか？」

「まさか。ただ、正直意外だっただけです。父から、成州《せいしゅう》藩については人質を取るのではなく、公主を降嫁させてはどうかと進言したところ、あなたに一蹴《いっしゅう》されたと聞きまして」

宏傑の父である柳《りゅう》宏律《こうりつ》は、内閣大学士を務める皇帝の側近である。

その宏律が、新しく見つかった公主を成州藩の世子に嫁がせ、その世子を皇帝の婿――つまり額駙《がくふ》として都に住まわせることを進言してきたのは、つい先日のことだ。

もともと外藩である成州藩は、いつ皇帝に反旗を翻して独立を目論《もくろ》むかわからないと言われており、その対策としてである。

人質ではなくとも常に都にとどめることができれば動向もある程度監視でき、そのうえ成州王の顔も立てることができると考えてのことだ。

しかし隆翔は、そのときのことを思い出し、憮然《ぶぜん》としながら答えた。

「あたりまえだ。どうして黎禾を成州藩なんかにやらなければならない」

「それはもちろん、万が一、荘廉王の身柄を押さえることに失敗したときに、成州藩の兵力を彼らに宛《あ》てることができるからですよ」

隆翔にも、宏傑の言っていることは理解できる。おそらく彼の父である宏律も、一挙両得を狙《ねら》って進言してきたに違いない。

しかし隆翔は、かたくなとも言える態度で首を振る。

「成州王は油断のならない男だ。荘廉王のことが片付いたあと、黎禾を人質に取られたまま、独立を目論んだ彼に挙兵でもされたらどうする？　むしろ後顧の憂いになるだけだろう」

そもそも成州藩から人質を取るという話が浮上したのは、荘廉王が、娘を嫁がせて成州王と友誼《ゆうぎ》を結ぶという噂《うわさ》があったからだ。しかしどうやらその話は流れたらしく、宏律としては両者の溝につけこもうと考えたに違いない。

だが破談になった理由もわからないのに、代わりとして妹公主の名前を上げた宏律の無神経さに、隆翔は腹立たしさを覚えていた。

「だいたい、ようやく見つけることができたのに、どうしてこんなに早く黎禾を嫁がせなければならないんだ」

「まあ、あなたの気持ちもわからないではないですが……。でも公主もお年頃でしょう？ずっと手元に置いておけるはずもありませんし、それとも悪評高い成州王家だから嫌なのですか？」

「そうじゃない。だがこれまで孤児として苦労してきた黎禾を、また政《まつりごと》に利用する気はないと言っているだけだ」

「公主が苦労をなさってきたのは、あなたのせいではないでしょう」

「同じことだ」

宏傑の言葉に、隆翔は視線をそらして答える。

彼の禁忌に触れたことに気づいた宏傑は、雰囲気を変えようと茶化すように言う。

「でしたら公主には、たびたび皇城に呼び寄せられるように、忠実な都の官僚にでも嫁いでいただくしかありませんね。だったら、ああ。僕なんてどうです？」

「それこそ冗談じゃない」

するとと露台の手すりに手をついて景色を眺めていた隆翔が、間髪入れずに振り返って答える。

「誰が黎禾を、おまえのように女にだらしのない男にやるものか」

官僚といっても宏傑は、科挙登第の進士とは違い、稜がまだ北方の公国であったころから仕える貴族の家系の出だ。高官の子弟を対象にした蔭《いん》位《い》の制で官を得ているものの、文学から武芸までよくこなし、なにより子供のころからのつきあいで気心も知れている。

しかしそれでも、黎禾が宏傑のものになると想像しただけで、隆翔のなかに言いようのない不快感が広がった。

「冗談なんですから、本気で怒らないでくださいよ。それにだらしないって、あなただって似たようなものでしょう」

「一緒にするな。後宮にいるのはみんな、私が選んだわけでも、決めたわけでもない。しかも親に命じられて私の周辺を探ろうとしている女ばかりだ」

皇位を継ぐ以上、後宮を持つのは仕方がない。

しかしあわよくば国母になろうという野心をぎらつかせながら、見え透いた媚《び》態《たい》で迫ってくる女には、嫌悪しか感じない。

そう口にする隆翔に、宏傑はあきれた様子でつぶやく。

「……そういうあなただから、意外だったんですけれどね」

「なんだ？」

「いえね。公主だって女性でしょう？　あなたの知らないところで同じように野心をぎらつかせているとは考えないんですか？」

「考えないね」

隆翔は首を振りながら、はじめて黎禾を見つけたときのことを思い出す。

彼女は、みずからも娼館《しょうかん》に連れていかれそうになっているというのに、ほかの娘たちを逃がそうと、ひとりで男に立ち向かっていったのだ。

しかも急に自分が公主だと聞いて戸惑っているのもあるだろうが、遠慮がちというよりも、欲がない。

「そうだな。たぶんあの子の、甘えることに慣れていないところが、ますます可愛いんだ」

甘やかされて育った後宮の女たちとはまるで違う。

服を仕立てようといってもそんなに必要ないと言うし、菓子を持っていっても残すのはもったいないと、ほとんどを女官たちに分け与えてしまう。

張り合いがないと思って欲しいものを訊《き》けば、「茶が飲みたい」と言ってくる。まるで

それ以外に望みはないかのように。

頭もよく、ただ会話をしていても、こちらの意図を的確に読んで答えを返してくるので、苛立《いらだ》たしい気持ちにさせられることもなかった。

「まだ遠慮しているのもあるんだろうけれど、そのうち打ち解けてくれると思っているよ」

「それはよかったですね」

宏傑がどこかあきれた口調で肩をすくめる。

それを後目《しりめ》に、隆翔はふと楼閣から見下ろせる東苑の庭園に、気になる人影を見つけた。

「ああ、また荘廉王が藍旗軍の栄禄《えいろく》将軍と悪巧みをしていますね」

彼の視線を追って露台に出てきた宏傑も、遠眼鏡を取り出しながらそれを覗《のぞ》きこむ。

荘廉王本人は気づいていないのだろうが、皇族しかまとえない龍袍《りゅうほう》は、遠目でも非常に目立つのだ。

「いつものことだろう」

そう口にしながら宏傑から遠眼鏡を受け取った隆翔は、しかしその近くに荘廉王よりも気になるものを見つけて、視線を向ける。

荘廉王と栄禄からさほど離れていない建物の陰にひそんでいる女官――その顔を拡大し

て、隆翔は声を上げた。

「黎禾──!?」

＊

「あそこでなにをしていたんだ?」

突然現れた隆翔によって前栽《せんざい》に引きずり込まれた黎禾は、そのまま抱えられるようにして栄心殿にある彼の私室に連れてこられた。

「なにって……」

どうして急に隆翔が現れたのだろう。そう驚きながら黎禾は、はじめて目にする彼の険しい表情に、口ごもる。

いつもの兄らしいやさしい雰囲気とはまったく違い、鋭い眼差《まなざ》しを向けてくる彼は、まるで追い詰めた獲物を逃すまいとしている猛獣のようだ。よほど怒っているのか、口調さえそれまでと一変して、刺々《とげとげ》しいものになっている。

「その、散歩の途中で道に迷ってしまって……」

なにをそんなに怒っているのだろうか。黎禾は戸惑いながらも、なにかいい言い訳はないかと口を開いた。

「散歩？　その格好で？」

しかしぽつぽつと話しはじめた黎禾に、隆翔は畳みかけるように彼女の女官服を眺める。

「もう一度訊くぞ。あそこでなにをしていたんだ？」

「……大清門を探していたのよ」

言い逃れできない。そう観念した黎禾は、正直に答えた。

「なんだって？」

「だって、あなたが外に出てはいけないと言ったからよ……！」

隆翔の頭ごなしの態度に、我慢ができなくなった黎禾は、とうとう声を上げて反論した。

相手が皇太子であろうとかまうものか。どうせ公主でないことが明らかになれば、斬首《ざんしゅ》される身なのだから。

「まさかそれで、ひとりで抜け出そうとしていたのか？　女官もつけずに？」

黎禾の主張に、隆翔は絶句する。その隙《すき》に黎禾は、さらに言葉を重ねた。

「なにか問題があるの？　言ったでしょう⁉　あなたが皇太子だと思ってこれまでずっと我慢していたけれど、私は自分の行動を他人に制限されるのも、支配されるのもまっぴらだって！」

皇太子である彼は、正面から相手に声を荒らげられることなど、これまでなかったに違いない。驚いたのか、顔を青ざめさせて口を閉ざしている。

すると、一気に険悪な雰囲気になったふたりを心配したのか、宏傑と呼ばれる男が割って入った。

「まあまあ、兄妹喧嘩《きょうだいげんか》をするのは仲のいい証拠と言いますが、少し落ち着かれたらいかがです?」

皇太子の侍衛だと名乗った彼は、すらりとした長身にくだけた長袍をすっきりとまとい、身のこなしも端正な男だった。内閣大学士を父に持っているというだけあって、いかにも育ちのよい若君といった風情である。

隆翔の側《そば》にいつも控えているので、顔を合わせることはこれまでにもあった。しかし彼が、ふたりの会話に加わってきたのははじめてだった。

「公主はたぶん、ご自分で考えていらっしゃるよりも危ない状況だったと思いますよ」

そして宏傑は、今度は黎禾をなだめるようにそう言うと、彼女を部屋の正面にある椅子《いす》に座らせる。

「それで公主。皇城の外に出るための門を探していたはずなのに、どうして庭園で荘廉王の話を盗み聞きすることになったんです?」

皇太子の侍衛だけあって、頭の切れる男なのだろう。やわらかい口調で彼女の気勢を削《そ》ぐと、反論する隙《すき》を与えずに核心を突いてくる。

「道に迷って困っていたら、荘廉王っていう人が、あなたのことを話しているから気になっただけよ」

「私のこと？　なんの話をしていたんだ？」

隆翔をちらりと見上げながら黎禾が言うと、宏傑に取りなされたからか、隆翔も少し落ち着きを取り戻して訊《たず》ねてくる。

「たしか……、あなたが何とかって人を籠絡《ろうらく》したって。李――なんだったかしら」

「……李洪か？」

「そう、その人よ！」

黎禾がうなずくと、隆翔はさらに眉《まゆ》をひそめた。

「ほかには？　なにか話していたか？」

「ほかにはって……。あなたが最近政に口を出すとか。あと、一刻の猶予もないとか言っていたかしら……」

黎禾がそう話すと、視線を絡ませた隆翔と宏傑の間の空気が、ぴんと張り詰めた気がした。

「あの人、何者なの……？」

彼は、隆翔のことをとても忌々《いまいま》しく思っている様子だった。しかし荘廉王という名前にはどこか聞き覚えがあるものの、すぐに思い出すことができない。

「荘廉王――。黎禾も会ったことがあるだろう。荘貴人《そうきじん》の父親だ」

「あの人が？」

荘貴人は、皇城に来たばかりのころ、黎禾を杖刑《じょうけい》にしようとした女性だ。

そのとき隆翔は彼女について、『父親の権力を笠《かさ》に着て困る』と言っていたが、その父親が先ほどの男ということか。

「つまり、皇上の弟で、あなたの叔父様ということね」

「君にとってもね」

黎禾を妹だと信じて疑っていない隆翔は、当然のようにそう答える。

「そしてもうひとりいたのが、藍旗軍の栄禄将軍です。一言でいえば、荘廉王の腰巾着《こしぎんちゃく》ですね」

付け加えた宏傑に、黎禾は隆翔と宏傑がぴりぴりとしている理由に少しずつ思い至ってくる。

大稜《だいりょう》帝国の軍が、黄、藍、白、紅、黒をそれぞれ旗印にした五つの軍で編成されていることは、庶民の黎禾でも知っている。それぞれの旗にはそれを率いる旗王がいて、黄旗のみ直轄軍として皇帝自身が旗王を務めているはずだ。

そして荘廉王と栄禄将軍は、会話のなかで「五旗軍のうち、三旗軍あるから有利」だと言っていた。

「もしかして、あの人たち……」

「そうだ。たぶん荘廉王は、皇位を簒奪《さんだつ》するために兵を挙げるつもりだ」

ためらいがちに口を開いた黎禾に、隆翔がはっきりとした口調で答える。予想していたとはいえ、彼女は息を呑《の》む。

「そもそも荘廉王は、先帝陛下に愁を攻めるように進言し、大稜帝国を築く契機をつくった建国の英雄だ。だが軍内の人気が高いことや、皇帝である父上が温和なことをいいことに、君権をほしいままにしている。それだけでなく武力を好み、北方に国土を広げようと異民族に対して無造作に戦を仕掛けては、国庫を圧迫し続けているんだ」

「どうするつもり……なの？」

「荘廉王を討って、君権を取り戻す」

隆翔が、静かだが、力強い口調で告げる。その鋭く、そしてまっすぐに前を見据える眼差しに、黎禾は目を奪われる。

「おそらく荘廉王は、自分が皇位に就くつもりでいたのに、先帝陛下が父上に皇位を継承させたのが面白くないんだろう。彼が皇位を狙う以上、私は父上を守らなければならない」

するとと彼女の不安げな表情に気づいたのか、ふっと表情を緩めた。

「黎禾のこともだ。だから君はなにも心配しなくていいよ」

そのまままいつものように頭を撫《な》でられ、黎禾は素直にうなずきそうになる。

父から母を――、そして弟の黎安《れいあん》を守らなければならないとずっと思ってばかりだった黎禾にとって、他人からそんなことを言われたのははじめてだったからだ。

しかしはっと我に返り、慌てて彼から視線をそらす。

（隆翔は、たんに妹を守ろうとしているだけで、しかもそれは私ではないじゃない……！）

隆翔が守りたいのは皇上と橙莉《とうり》だ。たとえ橙莉の存在を彼がまだ知らなくても――。

「でも皇位が欲しいなら、どうして荘廉王は、皇上が即位したときすぐに兵を挙げなかったの？」

一瞬でも動揺した自分を打ち消したくて、黎禾は話を変えようとする。そして落ち着こうと、宏傑が卓に置いていた茉莉花茶《まつりかちゃ》に手を伸ばす。

荘廉王は、二十四歳になった隆翔が力をつけ政に口を出してきたと、ひどく警戒している様子だった。それならば、なぜ彼がもっと若く力を持っていなかったときに動かなかったのだろう。

「娘の荘貴人が、いつまでも孕《はら》まないからだろう」

なんでもないことのように答えた隆翔に、黎禾はあやうく口に含んだ茶を吹きこぼしそうになった。

（孕むって……）

仮にも自分の後宮にいる女性について、そんな話をしないでほしい。

顔をひきつらせた黎禾に気づいたのか、宏傑がいくぶんやわらかい表現で説明を引き継ぐ。

「まあたぶん荘廉王も、はじめは娘を隆翔の後宮に入れることで彼を懐柔しようとしたんでしょうね。それでふたりの間に孫が生まれたら、皇上に皇位を譲らせて、幼帝をほしいままに操ろうとしたんでしょう」

「そんなへまをするか。だいたい荘貴人が皇位継承権のある子供を産んでみろ。皇后の二の舞になるぞ」

「皇后様……？」

黎禾が思わずつぶやくと、隆翔が一瞬言葉を詰まらせる。しかしわずかな間のあと、彼は意を決したように口を開いた。

「父上が後宮を閉じているのは黎禾も知っているだろう？　それは七年前、私の母である梁《りょう》皇后が、父上のふたり目の皇子を殺したからだ。……私の皇位継承の邪魔にならないように」

思ってもみなかった彼の告白に、黎禾は思わず絶句する。

「君の母君に対しても同じだ。建国の前で父上はまだ公国の公子だったが、皇后は側妃だった君の母君が身ごもったことを知って、危害を加えようとしていたらしい。それこそ命の危険を感じさせるほどに」

　それで橙莉の母は、皇帝のもとを去り、ひっそりと娘を産んだのだろうか。

『彼女は余になにも告げずに、ある日忽然《こつぜん》と姿を消してしまった。最初はなぜかわからなかったが、あとから桃花《とうか》が身ごもっていたことを知って合点《がてん》がいった。すべてはそなたを守るためだったのだと……』

　黎禾は、はじめて黎禾を目にした皇帝がつぶやいた言葉を思い出し、そういう意味だったのかとようやく納得する。

「もともと嫉妬深《しっとぶか》い人ではあったが、父上が皇位について、その寵愛《ちょうあい》がほかに向かうのがなおさら許せなくなったのもあるんだろう。次第に精神の均衡を崩していくのを、誰も止められなかった」

「……それで、皇上は後宮を閉められたの？」

「そうだ。父上は壊れていく皇后を離宮にやるとともに、責任を感じてほかの妃もすべて里に帰されたんだ」

　それで皇后は皇城にいないのか。そう得心がいくと、隆翔が黎禾に視線を向けてくる。

「……私を恨むか？」

ためらいがちに訊ねられ、黎禾は目を丸くした。

「あなたを？　どうして？」

「君が外の世界で、苦労して生きてこなければならなかったのは、私のせいだ」

彼にしてはめずらしい、つぶやくような口調に黎禾は思った。

もしかして隆翔が、今までなにかと黎禾のことを気にかけ、物を与えるばかりでなくひとりで外出させないなど過保護だったのは、自責の念があるからなのだろうかと。

「あなたを恨もうとは思わないけれど……」

彼を責める気にならないのは、黎禾が橙莉では——追いやられた側妃の娘ではないからかもしれない。女手ひとつで娘を産み育てた母親のことを知っている橙莉自身が、どう思うかはわからない。

しかし少なくとも、隆翔のせいでないことくらいは黎禾にもわかる。それどころか彼女は、母親のことを皇后と呼んで淡々と語る彼に、むしろ痛ましさを感じてしまう。

「荘貴人も、皇后様のようになりかねないと思っているの？」

「わからない。しかしともかく、女を信用するとろくなことにならない」

「ろくなことにならないって……」

しかし隆翔の過去に同情はするものの、彼のあまりの物言いに黎禾は唖然《あぜん》とする。

「すべての女性を、一緒に考えないでほしいのだけど……」

黎禾にしてみれば、男性のほうがよっぽど信用ならない存在なのだ。常に弱いものを支配したがり、気に入らなければ暴力で解決しようとする。黎禾の父親のような男だって世の中に大勢いるのだ。

しかしそれを話すこともできずに眉をひそめていると、言い過ぎたと思ったのか隆翔が言い訳するように口を開いた。

「そう怒るな。黎禾のことは信頼している」

「でも、女性はみんな信じられないんでしょう?」

「妹だからな。黎禾はとくべつだ――」

そして隆翔は、いつものようにぽんぽんと黎禾の頭を撫でてくる。

それを受けながら黎禾は、これまでになく複雑な気持ちになるのだった。

＊

手燭《てしょく》の灯《あか》りが、白い壁に影を揺らす。

熟睡できないからと、いつものように女官を寝室から締め出した黎禾は、黒檀《こくたん》でできた文机《ふづくえ》の前に座りながら皇城の見取り図を書き進める。

すでに大清門の位置は確認し、あとは具体的な脱出方法を考えるだけだ。

めいのたすぐに不在に気づかれたときのた
茶葉を買いに行く女官のふりをするのが一番簡単だが、城下でも西南のはずれにある明《めい》茶商会《ちゃしょうかい》までは、徒歩で行けば一刻《いっとき》近くかかるだろう。すぐに不在に気づかれたときのために、馬を手に入れたほうがいいかもしれない。

そんなことを考えながら黎禾は、しかし完成させた皇城の見取り図から視線をそらす。そして『君権を取り戻す』と口にしたときの隆翔の顔を思い浮かべた。

庶民である黎禾にとって、これまで皇帝や皇族というものは雲の上の存在だった。たぶん隆翔のほうも、皇城に連れてきた黎禾に対して、どこかやさしい兄を演じていたところがあったのだろう。

しかし一度口論したからか、いつのまにか互いの遠慮もなくなって、言いたいことを言いあえるような関係になっていた。

隆翔は、思っていたほど冷静な性格でもなく、日々の出来事に腹を立てることもあれば、ままならない状況に苛立っていることも多かった。黎禾がそれについて気がねなく意見を言うと、彼はそれをどこか楽しそうに聞いていた。

しかし、そうして本当の兄妹のように彼との距離が縮まっていくにつれて、黎禾のなかの矛盾は日々大きくなっていった。

皇城を抜け出して、成州藩に逃げこめばいい——。

知らぬ間に皇城に連れてこられ、公主とされてから、黎禾はずっとそう思っていた。

しかし、皇帝や隆翔がなぜ黎禾に対してあれほどやさしく、顔を見るだけで喜んでいるか知ってしまった今では、その考えに迷いが生じている。

（このまま私が何も言わずに消えたら、皇上も隆翔も、たぶんものすごく傷つくはずよ……）

そう思ったら、黎禾はどうしていいかわからなくなってしまったのだ。

（でも、このままここにいたら私は――）

いつかきっと真実は明らかになる。そうなれば、さらに彼らを深く傷つけることになるだろう。

それに、これ以上ふたりに対して嘘《うそ》をつき、橙莉のふりをして公主でいつづけることにも、黎禾は耐えられそうになかった。

『黎禾はとくべつだ――』

隆翔の言葉を思い出すと、黎禾は理由のわからない胸騒ぎを覚える。

うれしかったのか、それとも傷ついたのか――。それさえもわからずに黎禾は、答えの出ない問題のなかで堂々巡りしているかのような心地になっていた。

「起きていらっしゃいますか、公主様――？」

「なに？」

急に隣室から声をかけられ、黎禾は慌てて見取り図を隠しながら返事をする。

「皇上がお呼びです。至急清心殿まで参上されるようにと」

こんな夜更けに――？

そう思ったが、女官のただならぬ雰囲気に、黎禾は急いで立ち上がった。

「わかったわ」

部屋のある栄心殿の外に出ると、日が落ちて少し気温が下がったとはいえ、むっとするほどの草いきれを感じる。

見上げれば薄い三日月が上がっているだけで、月明かりは望めない。先導する女官の手燭をたよりに、虫の音が聞こえるなか皇帝の寝宮である清心殿へと急いだ。

そして黎禾は、宮殿のなかに足を踏み入れたとたん、何事かを理解した。そこには皇帝だけでなく隆翔もいたからだ。しかも鎧《よろい》をまとって――。

「荘廉王を、討つのね？」

いつかそうなるのだろうと思ってはいたが、今夜なのだと思うと、黎禾の声が震える。

内乱に発展することを避けるためには、荘廉王が兵を動かす前に奇襲し、その身柄を拘束するしかないと判断したのだろう。

「そうだ。もう猶予がない。今こちらから動かなければ、荘廉王のほうが兵を挙げるだろう。だから黎禾は、ここで父上とともに待っていてくれ」

隆翔の、その死をも覚悟しているかのような眼差しに、黎禾はなにも言えなくなる。

しかし失敗すれば、本当に命はないのだ。

「では父上。行ってまいります」

「……気をつけるのだぞ」

膝《ひざ》をついた息子に、皇上は何かを言いかけ、しかし言葉にできない様子でただそれだけを口にする。

「なにか……私にできることはある？」

父の言葉に無言で立ち上がった隆翔に、黎禾は訊ねた。

隆翔は橙莉の兄なのだ。彼女のためにも、彼には無事でいてほしい。

いや、黎禾自身が、彼に生きていてほしいと思った。

「黎禾は、そこにいてくれるだけでいいよ」

隆翔はそう言ってふわりと黎禾を抱きしめる。そして目を見開いた黎禾の耳元でささやいた。

「本気で心配してくれる人がいるというのは、うれしいことだね」

それが彼の本心からの言葉なのだと思ったら、黎禾はたまらなくなって彼を抱きしめ返してしまう。

それと同時になぜ、とも思う。少し前まで皇城から逃げ出すことだけ考えて、なにかとかまってくる彼のことを煩わしいとさえ思っていたのに——。

（今だけ、橙莉の代わりになるだけよ……）

戸惑う自分にそう言い聞かせる黎禾の前で、隆翔が闇夜《やみよ》にまぎれるように清心殿を発《た》ったのは、すぐのことだった。

彼の後ろには宏傑をはじめとする十名ほどの侍衛が続き、皇城を出たところでほかの兵たちとも合流しながら荘廉王の屋敷へ向かうという。

（お願いだから無事でいて――）

その影を宮殿の門前で見送りながら、黎禾は祈った。

「不安そうな顔をしているな」

なかで休むようにと室内に戻されたものの、じっと椅子に座ったまま茶を飲むことさえしない黎禾に、皇上が声をかけてくる。

「不安そう？　私がですか？」

言われて黎禾は、はじめて自分がどんな顔をしているのかと気になった。

慌てて頰《ほお》に触れるが、自分ではよくわからない。ただ指先が冷やりとしていて、自分がひどく緊張していることがわかる。

「余も、隆翔を危険な目に遭わせたくはないのだ。なのにあれは、いつも自分から危険のなかへと向かっていってしまう。そなたを迎えに行ったときもそうだった。臣下に任せることができずに、みずから助けに行きおった」

「はい……」

黎禾も、皇太子みずから人買いの列に突っ込んだと聞いて驚いたのだ。

「おそらく隆翔が無理をするのは、弟が死んだことを、自分のせいだと思っているからだ」

先日隆翔から聞いた話を思い出し、黎禾はうなずいた。

「隆翔は、私にも『外の世界で苦労したのは自分のせいだ』って……」

「そうではない。悪いのはすべて余なのだ。皇后の心の闇《やみ》に、気づいていながら放っておいた余が……」

皇帝は声を絞り出すように言う。

「皇太子を辞そうとするあれを、余が無理やりとどめた。しかしそのせいで、あれはよい皇太子であらねばならぬと、いつも無理をしている気がしてならない」

そうかもしれない。傷ついた彼の心を思い、黎禾の胸が痛くなる。

「桃花は間に合わなかったが、隆翔のためにもそなたのことを見つけることができて、本当によかったと思う。これからも妹として隆翔を支えてやっておくれ」

「……はい」

黎禾は、公主であると偽っていることを、このときほど辛《つら》いと思ったことはなかった。

しかしうなずくしかできずに、祈りつづける。

（無事でいて――！）

このときの黎禾にとって望みはそれだけだった。斬首《ざんしゅ》になるかもしれない己の身の上など、頭から消えてしまったように。

そして荘廉王の屋敷を取り囲んだ隆翔たちから、ようやくその身柄を捕らえたとの連絡が入ったのは、夜明けも近くなったころだった――。

第四章

隆翔《りゅうしょう》は捕らえた荘廉王《そうれんおう》に対し、君主をないがしろにしてみずから皇帝のごとくふるまったこと、無益な戦を起こして国益を損なったこと、国家財産を己のほしいままにしたことなど、十五箇条にも及ぶ罪状を挙げて弾劾した。

しかし皇帝の温情により、荘廉王は建国時の功績を以《もっ》て死を免じられ、臨陽《りんよう》郊外にある離宮に幽閉されることとなった。

その話はまたたく間に国中を駆け抜け、荘廉王に忠誠を誓っていた黒旗、紅旗それぞれの旗王をはじめとする者たちは、戦わずして皇帝へと膝《ひざ》を折った。

その後隆翔は、みずからを輔政大臣として皇帝を補佐し、内閣を強化して最高意思決定機関としての機能を中書省から移行させるとともに、身分にかかわらず重職に就《つ》けるようにするための人材登用制度の改革などに着手していった。

連日寝る間もないのではないかと思うほど忙しい様子の隆翔だったが、気が楽なのか、時間を見つけては黎禾《れいか》のところに現れ、ときには彼女の部屋で仮眠さえ取っていく。

内乱に発展しなかったことにほっと胸を撫《な》でおろしていた黎禾だったが、彼のそのくつろいだ姿を目にするにつけ、言いようのない焦燥感に苛まれる。

黎禾が公主と間違えられ連れてこられてから、もうふた月も経《た》ってしまっている。政情が落ち着くまではと延期になっていた冊封大典《さくほうたいてん》も近く執《と》り行われることが決定し、今吉日を選んでいるところだという。

いっそすべてを話してしまおうか——。

夜寝るときになると、寝台の羅布《らふ》のなかで、黎禾はそう思うことがある。

隆翔ならば、真実を話しても一方的に処罰しようとするのではなく相談に乗ってくれるかもしれないと。

しかし朝になって隆翔の顔を見ると、彼が『女は信用できない』と口にしたときのことが思い出され、勇気を奮《ふる》いおこすことができなくなる。ひどくすれば、公主でないと言いださなかったことを、私利のためと疑われ断罪されるかもしれないと。

「どうしてそんなに眉《まゆ》を寄せているんだ？」

「そんなことは、ないけれど……」

その日も昼食をともに取りながら、黎禾はふたつの思いの狭間《はざま》で揺れていた。黙り込む黎禾に、隆翔は怪訝《けげん》な表情を向けてくる。

「最近、ずっとそんな調子だな。なにか悩みがあるなら言えばいいだろう」

「べつに悩みなんて……」

ないと口にしながらも、黎禾のなかでは解決できない難題が日々蓄積しているかのようだった。

(橙莉《とうり》や黎安《れいあん》だけじゃない。明茶商会《めいちゃしょうかい》のみんなだって、私がいなくなって心配しているはずよ。それとももう、死んでいると思われているのかしら……)

それに黎禾は、そもそも成州王《せいしゅうおう》の亡くなった息子と冥婚《めいこん》を執り行わなければならないはずだったのだ。いくら人買いに攫《さら》われて行方《ゆくえ》がわからなくなったとしても、こんなにも長い間成州王が結納金《ゆいのう》の返還を求めてきていないとは思えなかった。

明茶商会がきちんと商いを続けられていることは、届けられる茶葉からわかっているが、そのことも不思議でならなかった。

(もしかして、叔父様が助けてくれたの……?)

そう思うものの、あの強欲な叔父がそのようなことをするだろうかと、黎禾は首をひねるしかない。

すると隆翔は、うつむいたままなにも語ろうとしない黎禾をじっと見つめたかと思うと、唐突に言った。

「少し、外出でもするか」

「え、本当?」

「そういえば連れていってやると約束したまま、うやむやになっていたことを思い出した。それに私も、少し息抜きがしたいしな」

どうやら隆翔もついてくるらしい。

それでは意味がないと落胆しかけた黎禾だったが、しかし「それでもいい」と考えなおす。理由をつけて馬車を遠回りさせ、明茶商会の様子を見てくるくらいできるかもしれないと。

「行くわ！」

ぱっと表情が明るくなった黎禾の頭に軽く触れると、隆翔は宏傑《こうけつ》に午後の予定の変更を告げる。

どうやら政務にも少し余裕が出てきたのだろう。急ぎの用件だけ片付けた隆翔は、黎禾を質素な平服に着替えさせて皇城から連れ出したのだった。


夏の盛りはすぎたというのに、城下へ出ると、まだ強い陽光が馬車のなかまで差し込んでくる。

少し汗ばみながら馬車の窓を覗《のぞ》いた黎禾は、流れていく懐かしい景色に目を細めた。中秋節を間近に控えた市中はいつもよりも人通りが多く、喧騒《けんそう》に包まれている。

「なんだか微行《びこう》に慣れているのね」

商店の立ち並ぶ目抜き通りで馬車を降りた黎禾は、周囲に溶け込むように歩く隆翔を横目にそう口を開いた。数歩後ろからは、宏傑がふたりの後をぴたりとついてきている。

簡素な長袍《ちょうほう》を身にまとい、装飾もないありふれた馬車から出てきた隆翔は、どこから見ても「少し裕福な家の若君」といったところだ。

そういえば彼は、臨陽市街の商店で橙莉の佩玉《はいぎょく》を見かけ、売り主をたどって黎禾を見つけたと言っていた。きっとこれまでも頻繁に、皇城を出ることがあったに違いない。

「皇城にいると気づまりで、昔から宏傑とよく抜け出した」

案の定、隆翔はなんてことのない口調でそう話す。

たしかに荘廉王が権力を振るい、誰を信用していいかわからない皇城では、日々神経を尖《とが》らせる生活だったろう。きっと城下通いは、いい気晴らしだったに違いない。

「つまり、自分は好きに城下に出ておきながら、私には駄目って言っていたってことね」

隆翔は、黎禾に対しては『公主になった以上、これまでと同じようにはいかない』と外出を阻んでいたくせに、自分自身は自由を謳歌《おうか》していたということだ。

「私は君の安全のために言ったのであって――」

不条理な気がして黎禾が眉を寄せると、隆翔は少し慌てた様子で口を開く。

「安全を気にしなければならないのは、私よりよっぽどあなたのほうでしょう?」

皇太子という立場だけでなく、後継ぎもいなければ兄弟もいない。しかもこれまでは、荘廉王が皇位を虎視眈々《こしたんたん》と狙《ねら》っていて、もし隆翔の身になにかあれば冗談ではすまされなかったはずだ。

にもかかわらず黎禾のみを外出禁止にするなんて、過保護とはべつの問題だろう。

「もっと言ってやってください」

「宏傑、おまえ――!」

背後からそっと近寄ってきた宏傑にまで言われて、隆翔は声を上げる。

言い負かされた形の隆翔は、少し考えこむ様子を見せると、今後も外出する自由を天秤《てんびん》にかけたのだろう。やがてため息をこぼして言った。

「……わかった。護衛を連れていくと約束するならば、専用の馬車を用意させる。だけど出かけるときは声をかけてくれ」

「本当に⁉」

隆翔を遣《や》りこめることができて清々していた黎禾だったが、予想外の彼の言葉に目を見開いた。

すると隆翔は仕方がないとばかりに苦笑し、そしていつものようにぽんぽんと黎禾の頭を撫でてくる。

その瞬間、黎禾は胸をきゅっと締め付けられた気がした。

やさしい兄――でもこれは橙莉のものなのだと。

男など信用できないと思っていたはずなのに、いつのまにか彼を〝兄〟として受け入れてしまっている。そんな自分に黎禾は、戸惑うとともに苦しくてたまらなくなる。

隆翔は、黎禾を信じきっていて疑いもしていないのだ。

どうして最初に本当のことを言う勇気を持てなかったのかと、後悔が押し寄せてくるばかりだ。

(話せば、処刑されるかもしれない。私はまだしも黎安まで……。だけど――)

「隆翔、その……」

それでも黎禾が口を開きかけたときだった。

少し離れた奥の辻《つじ》を、見慣れた薄茶色の髪が曲がるのが見えた気がした。

(橙莉――⁉)

まさかと思いながらも、思わず黎禾は駆けだした。急に走り出した彼女を呼び止める隆翔の声が聞こえたが、かまっていられなかった。

「待って、橙莉……！」

しかし街路にせわしなく行き交う人の波に邪魔され、なかなか追いつけない。辻を折れて彼女を追いかけた黎禾だったが、そこで姿を見失い、立ちつくしてしまう。

(見間違い？　でも……)

肩で息をしながら周囲を見まわす。しかしそこには彼女と似た人影さえ見つけることはできなかった。

そうしているうちに彼女は、隆翔と宏傑に追いつかれて腕を取られる。

「黎禾、どうしたんだ？」

「……なんでもないわ。知り合いを見かけた気がして……。でも見間違いだったみたい」

「ここは成州王の藩邸だ。長くいるのはまずい」

「成州王の藩邸？　ここが？」

目の前に高くそびえる石塀を見上げた黎禾を、隆翔は急いで細い路地に引っ張り入れる。

隆翔がなにをそんなに警戒しているのかわからない黎禾だったが、少し気になって訊《たず》ねてみる。

「そういえば、成州王のご子息って夭逝《ようせい》されているんでしょう？　病気で亡くなったの？」

まさか噂《うわさ》どおり成州王が息子を殺したなどとは思わないが、なにか事情があるなら知っておきたいと思ったからだ。

しかしそんな黎禾に、隆翔は眉をひそめる。

「夭逝だって？　成州王の世子は彼のひとり息子で、ちょうど今都に来ているが、ぴんぴんしているぞ」

隆翔の言っていることがすぐに理解できずに首をかしげた黎禾に、宏傑が思い出したように言う。

「ああ、聞いたことありますよ。彼は、少し前まで死んでいるのではないかって、噂がずっとあったんですよね。十年以上宮中への伺候《しこう》どころか、藩内でも姿を見た者がいないって言われて」

「父親に似て、まったく食えない男だよ。昔……建国したばかりのころに一度引き合わされたときは、もっと気の弱そうな印象だったのに。今思えば、きっと猫を被《かぶ》っていたんだな」

成州王のひとり息子は生きていると当然のように話すふたりに、黎禾はまさかと思いながら喉《のど》を鳴らした。

「せ、世子の名前は？」

「たしか……玄磊《げんらい》と言ったはずだ」

隆翔の口から出たのは、まさしく黎禾が嫁ぐはずの人の名前だった。

どういうことだろう。叔父から聞いた話では、たしかに冥婚ということだったのに——。

（生きていたということ……？　まさか叔父様が嘘《うそ》をついていたの？　でもどうして？）

そこまで考えたとき、ふいに黎禾の脳裏に橙莉の声がよみがえる。

『そのときわたし、決めたんです。黎禾様のためになんでもするって』

邯達《かんたつ》の宿で、橙莉にそう言われた気がする。あれが夢でないのならば、黎禾の記憶はそこから途切れているのだ。

もし先ほど見かけた橙莉が、見間違いでないというのならば――。

その可能性に思い至った黎禾は、顔から血の気が引いた。

(もしかして橙莉は、私の身代わりになって成州藩に行ったの――⁉)

ありえない――。

そう頭から振り払おうとしても、その疑念はいつまでも黎禾の脳裏にこびりついたように離れなかった。

＊

(だって、ずっとおかしいと思っていたのよ……)

顔色の悪い黎禾を心配した隆翔に皇城に連れ戻されてからしばらく経っても、彼女の疑いは晴れなかった。

もし橙莉が、黎禾の身代わりに成州藩の世子に嫁いだのならば、明茶商会がいまだに商いを続けていられることにも説明がつくからだ。

しかも追い打ちをかけるように黎禾は、かつて盗み聞いた荘廉王と栄禄《えいろく》が交わしていた会話を思い出す。

『しかも当の世子め、その直後に貴賤《きせん》結婚をしたというのだ。おそらく、わしにたいする当てつけに違いない』

黎禾はぞっと身体《からだ》を震わせた。

人買いに攫われた廃寺でひとり目覚めたとき、橙莉が逃げてくれたことをよかったと思いながらも、黎禾は不思議に思っていたのだ。

彼女の性格ならば、黎禾を置いてひとりで逃げ出すようなことはけっしてしないはずだと――。

それに、いくら出立まで眠れない日々が続いていたとはいえ、邯達の宿で眠りこけ人買いのもとで目を覚ますまで記憶がないというのも、通常では考えられない。

しかしもし橙莉が、黎禾の身代わりになろうとして、食事や飲み物に眠り薬でも混入させていたとしたら、それも納得できる。

（そうよ、あの茉莉花茶《まつりかちゃ》……！）

橙莉が淹《い》れてくれたそれを飲んだあと、黎禾は急に眠気に襲われたのだ。

そうして黎禾を眠らせたあと、橙莉は身代わりとして成州藩へと出立し、その後何かが起きて、意識のない黎禾は人買いに連れていかれた。

そう考えれば、すべての辻褄《つじつま》が合う気がした。

(私に冥婚をさせないように……？)

橙莉はずっと、死者と婚姻を交わそうとする黎禾に反対していた。

『もう一度会えるように、おまじないとして持っていてください。冥婚でも生きて帰るって、黎禾様言っていたでしょう？』

あれは、黎禾にではなく、冥婚へ赴く自分自身への言葉だったのだろうか。

もしそうだとしたら、黎禾が人買いに捕らえられたのは、橙莉にとっても誤算だったに違いない。でなければ、大切な佩玉を預けるはずがないからだ。

そして黎禾の代わりに成州藩に向かってみたら、予想に反して花婿は生きていて、橙莉はその身代わりから逃れられなくなってしまった――。

身体の内からせりあがってくる焦燥感を抑えきれずに、黎禾はあえいだ。

(確かめなくては……)

そう思ったら、いても立ってもいられなくなった。

先日隆翔は、黎禾のために馬車を用意すると約束してくれた。それがいつになるのか訊ねようと、彼女は急いで彼が執務を行っているはずの永政殿に向かう。

しかし勢い込んで隆翔を訪ねたものの、黎禾は扉の前に待機していた宏傑に阻まれてしまう。一刻も早く確認したかったが、これから重要な来客があるのだと告げられれば、彼女も引き返すしかない。

そしてはやる心のまま自室に戻ったそのときだった。どこかで女官の甲高い声が上がるのが聞こえた。

「刺客です！　栄心殿に刺客が入り込みました!!」

「え？」

意味をすぐに理解できずに、寝室の扉の前で黎禾は振り返る。すると女官のひとりが、心得たように彼女の腕をつかんでくる。

「ここは危のうございます。避難なさってください、公主様！」

ここは皇城でも奥深い位置にある皇太子宮の一角だ。そんなところに刺客が入ってくることなど可能なのだろうか。

そう思う間もなく、あっという間に女官たちに囲まれ、引きずられるようにして部屋から出されそうになる。しかしそのさなか、黎禾の耳に懐かしい声が聞こえた気がした。

「――黎禾様……！」

まさかと思いながら耳を澄ますと、ふたたび声が聞こえる。しかも叫ばれているのは、自分の名前だ。

「――橙莉？」

「いらっしゃるなら返事をしてください、黎禾様!!」

間違いない。橙莉だ——。

どうして皇城《ここ》に彼女がいるのか。しかし不思議に思うよりも早く、黎禾は女官の腕を振り払っていた。

「橙莉！　どこにいるの!?」

女官をかき分けるようにして部屋を飛び出すと、声のした方向へと走り出す。背後から止めようとする女官たちの声が響いたが、かまっていられなかった。

すると橙莉の居所はすぐに知ることができた。書庫の扉の前に、槍《やり》を持った兵たちが集まっていたからだ。

「公主様、このなかに刺客がおります。お下がりください！」

黎禾に気づいた侍衛のひとりが、なかへ入ろうとする黎禾を阻もうと声をかけてくる。

「刺客じゃないわ。放して！」

黎禾は彼らの腕を退け、書庫へと足を踏み入れる。

すると黎禾の目に飛び込んできたのは、書棚の向こうで今まさに槍に刺し貫かれそうになっている橙莉の姿だった。

「やめて！」

悲鳴を上げた黎禾は、橙莉と彼らの間に割りこむ。そして散らばった書物のなかで身を縮こませている橙莉を抱きしめ、声を張り上げた。

「彼女は刺客ではないわ。私の友人よ！」

「黎禾様……？」

黎禾が叫ぶと、顔を上げた橙莉が信じられないとでもいうように黎禾の名前を呼ぶ。

橙莉を背中にかばった黎禾は、侍衛たちの疑念を打ち払おうと、公主らしく胸を張り、威厳のある声で命じようとする。

「あなたたちが心配することなどなにもないわ。下がってちょうだい」

「しかし……」

それでも侍衛たちは、どうしてよいかわからない様子で、書庫から出ていくのをためらう。黎禾自身が問題ないと言おうと、刺客と思われた女を放免して、もし公主の身になにかあれば責任を追及されると思っているのだろう。

「刺客じゃないって言っているでしょう⁉　私たちをふたりにしてと言っているの。いいから出ていって！」

必死になって言うと、納得したわけではないのだろうが、彼らは公主の剣幕にこれ以上の追及は無理だと判断したのだろう。不承不承の体《てい》でようやく部屋を出ていった。

扉が閉められたとたん、黎禾はほっと安堵《あんど》の息をこぼした。するとその頬《ほお》に、おそるおそるとでもいうように伸びてきた橙莉の指が触れる。

「……本当に、黎禾様ですね……？」

「橙莉……」

「よかった、ご無事で……」

そう言って橙莉は、黎禾にしがみつき、ぽろぽろと涙を流す。その姿に、黎禾は胸を締め付けられた。

黎禾がいなくなったことに気づいてずっと捜してくれていたのか。どれだけ心配をかけたのだろうと思い、なぜ早々に皇城を出て無事を報《しら》せなかったのかと、後悔が押し寄せてくる。

「心配をかけてごめんなさい、橙莉……」

「違うんです。悪いのはわたしなんです……！」

しかし謝った黎禾に、橙莉が首を振る。

「わたしがあのとき、黎禾様と入れ替わったりしなければ、こんなことにはならなかったんです」

「入れ替わるって、橙莉。やっぱりあなた……」

「すみません。冥婚だって思っていたから、どうしても黎禾様を行かせたくなくて……」

恐れていたとおり橙莉は、黎禾の身代わりとなって成州藩に行ったのだ。取り返しのつかない事実に、黎禾は身体を震わせた。

「ああ、橙莉。どう謝ったらいいの？　あなた、私のためにそんな……」

身代わりで冥婚に身を投じようとするなんて、よほどの覚悟だったに違いない。どう償ったらいいかわからずに声をつまらせると、橙莉が首を振る。

「いいえ、黎禾様。わたしが勝手にしたことなんです。でもいろいろあって、黎禾様を迎えに行った人たちから行方がわからないって言われて……。それでどこに行かれたのかずっと捜していたんです。だけど黎禾様が皇太子に攫われて無理やり後宮に入れられてしまったらしいってことがわかって、わたしどうしようかと……。本当に、会えてよかった」

「――ちょっと待って、橙莉」

橙莉の話を聞いていれば、目覚めたときに自分が人買いのところにいた経緯もわかるはず。そう思って耳を傾けていた黎禾だったが、しかしなにやら途中から話が違ってきていることに気づいて瞳《ひとみ》を瞬《しばた》かせた。

「無理やり後宮って、どうしてそんな話に――」

「だってそのお姿……。女好きの皇太子に無理やり手籠《てご》めにされてしまったのでしょう？　黎禾様、本当はすごく男嫌いなのに――」

「違うわよ！」

黎禾のまとうきらびやかな長袍に視線をやりながら、ふたたび声をつまらせて泣き出した橙莉に、黎禾は思わず叫んでしまう。

「違うわよ、橙莉！　隆翔とは、そういうんじゃなくて、だから、妹——つまり公主として連れてこられてしまったの！」

「黎禾様が、公主？」

橙莉は、驚いたように目を丸くする。

「違う。そうじゃないの。私じゃなくて、公主はあなたなの！」

このふた月あまりのことを、どう説明したらいいのだろう。突然のことに気ばかりはやってしまい、うまく話すことができない。

「はい？」

案の定橙莉は、わけがわからないというように首をかしげる。その肩をつかみ、黎禾は自分を落ち着かせようとしながら言葉をつむぐ。

「いい、橙莉？　あなた、翡翠《ひすい》の佩玉を私に持たせたでしょう？」

「ああ、はい。父の形見の——。といっても、色が翡翠に似ていただけで、本物ではありませんが……」

「それが本物の翡翠だったの！」

かみ合わない論点にさらに気が焦り、黎禾はふたたび叫んでしまう。石が本物の翡翠かどうかなど、この際どうでもいいことなのに。

「あれは皇上のものだったの。だから橙莉は皇上のご落胤《らくいん》——公主だったのよ！」

「えっと……」

ますますわからないといった様子で、橙莉はきょとんとしている。ふたりに声がかけられたのは、そのときだった。

「なにを言っている？」

「どういうことだ？」

突然割りこんだ低い声に、驚いて振り返る。すると書庫の戸口に、ふたりの男が立っていた。

そのうちのひとりを目にして、黎禾はどうしてここにいるのかと目を見開く。

「隆翔、今の話を——」

どこから聞いていたのか。そう思ったらなにを言っていいかわからず、黎禾は絶句した様子でじっとこちらを凝視している隆翔の顔をただ見上げるしかできなかった。

「橙莉が、公主だと？」

しかし沈黙のなか真っ先に口を開いたのは、隆翔ではなく彼の隣に立つ男だった。

闇《やみ》色の髪と瞳を持つその男は、信じられないといった口調でつぶやくと、動揺を抑え込むように暗く翳《かげ》った眼差《まなざ》しで橙莉を見下ろしてくる。

「あなた……誰？」

突然橙莉を呼び捨てにした男に、黎禾は眉根を寄せて訊ねた。

幼いころから橙莉と一緒に育ち、彼女の知己《ちき》で黎禾の面識がない者などいないはず。それなのに黎禾は、橙莉の名前を呼ぶこの男にまったく見覚えがなかったからだ。

「あの、成州藩の玄磊様です。その、黎禾様が嫁がれるはずだった……」

すると、黎禾の隣で橙莉がためらいがちに答える。

「なんだって――？」

黎禾は男の正体に息を呑《の》む。しかしその前に声を上げたのは、それまで黙り込んでいた隆翔だった。

「どういうことだ？」

眉をひそめた隆翔に、黎禾は腹をくくる。ごまかすことなどできない。今こそ彼に真実を話すべきなのだと。

「ごめんなさい。あなたの本当の妹は……公主は私ではないの」

そう口にしたとたん、表情を固めたままだった隆翔の身体がわずかに揺れる。

「騙《だま》すつもりはなかったの。ただ、皇城に連れてこられたときはもう公主にされていて、あとから違うと言ったら、家族まで罰せられると思って口に出せなかった……」

なにを思っているのだろう。黎禾を見つめる隆翔の瞳が、なにかに葛藤《かっとう》するように揺らめいている。

そして黎禾は、ずっと彼を騙しつづけていた罪悪感に押しつぶされそうになりながら、隣に並んだ橙莉を引き寄せる。

「見て。この薄茶色の髪も、瞳も、あなたとよく似ているでしょう？　橙莉こそがあなたの血を分けた妹、皇上のご落胤なのよ」

すると黎禾の告白を最後まで無言で聞いていた隆翔は、どうしていいかわからずに座りこんでいる橙莉へ、ゆっくりと視線を移す。そして彼女の眼をじっと見つめると、ようやく口を開いた。

「──わかった」

一言そうつぶやいた隆翔は、ふたたび黎禾を見てすぐに目をそらす。

きっと怒っているのだ。そう思い黎禾は、胸を一突きにされたかのような痛みにあえいだ。

「──とりあえず、今日のところは帰るぞ」

重苦しい沈黙を破ったのは、玄磊だった。

それぞれが現実を受け止められずに立ちつくすなか、彼は「それでいいな？」と隆翔へ話しかけ、当然のように橙莉に手を伸ばした。そしてためらう彼女の腕を取ろうとする。

「待って！」

黎禾は慌てて声を上げた。

「言ったでしょう？　橙莉は皇上の娘なのよ。今からでもすぐに皇上に――」

「おまえ、状況の重大さがわかっていないな」

「どういう意味よ？」

あきれた口調で話を阻まれ、黎禾は玄磊を睨《にら》みつける。

「橙莉は今日、おまえを捜すために、俺の妻という立場で皇城に入ったんだ。このまま娘だと皇上に告げてみろ。事は高度に政治的な話になるんだよ」

「妻ですって⁉」

黎禾は聞き捨てならないと声を上げた。

「あなた、橙莉になにをしたのよ⁉　まさか無体なことでも……」

「おまえの言う無体がなにを指すかはわからんが、なにをしたとしても、おまえに口出しされる理由はない」

「なんですって⁉」

「れ、黎禾様……」

玄磊につかみかからんばかりの黎禾に、橙莉が狼狽《ろうばい》した様子でその袖をつかむ。するとそれまで押し黙ったままだった隆翔が、冷静な声で黎禾の足を止める。

「とりあえず落ち着くんだ」

「だって、これが落ち着いてなんていられる？　橙莉は――」

「打ち首になりたいのか？」

ぴしゃりと告げた隆翔に、黎禾は身を震わせて唇を閉ざす。

「父上……皇帝を欺き、公主を騙《かた》ったとなれば大罪だ。もし明らかになれば、ただ死罪になるだけでなく、族滅は免れないぞ」

族滅――。

恐れていた言葉に黎禾は息を吞む。

「お願い。悪いのはすべて私なの。だから――」

「君を責めているわけじゃない。ただ今は、これ以上どうしようもない」

弟のことは助けてほしい――。そう言いかけた黎禾を遮り、隆翔が続ける。

「とにかく、この話はここにいる四人以外、他言禁止だ」

そして彼は、険しい顔でそうみなに告げ、話を打ち切ったのだった。

＊

橙莉と玄磊が皇太子宮から退出すると、隆翔は黎禾の私室へと彼女を送り届けた。

歩いている間から彼は、考えこむようにうつむき、ずっと口を閉ざしていた。沈黙が重くのしかかり、黎禾は彼の背中を見つめつづけることしかできなかった。

（こんな形で、知られてしまうなんて……）

黎禾は自分の浅はかさを呪《のろ》った。

彼に真実を話すにしても、もっと落ち着いた状況できちんと説明するべきだったのだ。しかし橙莉に会えただけでなく、彼女が自分の身代わりで成州藩に行っていた事実に混乱しているうちに、彼にすべてを知られてしまった。

「……騙されたって、怒っているんでしょう？」

静寂に耐えられず、とうとう黎禾は口を開いた。

なんでもいいから話してほしかった。たとえ罵倒《ばとう》であっても、無言を貫かれるよりよっぽどいい。

「なんだって？」

女性不信の隆翔のことだ。だから女の言うことは信じられないと、嘘をついていた黎禾のことを軽蔑《けいべつ》しているに違いない。

そう思った黎禾だったが、隆翔は驚いた様子で振り返ると、しばらく彼女の言葉の意味が理解できなかったように眉を寄せる。そしてふたたび視線をそらしてから言った。

「たぶん、怒っているわけじゃない」

そして隆翔は、自分自身に確かめるように、ゆっくりと言葉をつむぐ。

「ただ正直、戸惑ってはいる。君が妹ではないと聞いて」

「嘘よ！　疑って……軽蔑しているんでしょう？　私が私欲のために公主を名乗ったと思って！」

「疑ってなんかないし、軽蔑もしていない」

わかるものか。隆翔は女性をまるで信じていないのだ。面と向かって非難されないぶん、黎禾の不安はさらにつのった。

妹でないと知った今、隆翔がどのような目で自分を見るのか不安だった。

女性を信じられない彼が『黎禾はとくべつ』と言って心を許していたのは、彼女を妹と信じて疑っていなかったからだ。真実が暴かれてしまった今、彼が自分に向けるであろう嫌悪や憎悪といった感情を受け止める勇気を持てずにうつむくしかできない。

「そういう君はどうなんだ？」

しかし隆翔は、黎禾が思ってもみなかったことを口にした。

「私？」

顔を上げると、隆翔の射貫くような眼差しと視線がぶつかる。

「一度でも、私を信頼して真実を打ち明けようとしたことがあるのか？」

「それは……」

隆翔の問いに、黎禾は口ごもった。

何度も迷ったけれど、結局彼に話すことはできなかった。公主でないことを知られ罪に問われれば、自分だけでなく弟の黎安にまで危険が及ぶからだ。

いや、それだけではない。たぶん黎禾は、隆翔に真実を知られるのが怖かった。彼に嘘つきだと、卑怯《ひきょう》な人間だと思われてしまうのが耐えられなかったのだ。

「君こそ、私という人間を信じていないじゃないか」

そして隆翔は、まるでそれにこそ傷ついているかのように言う。

「だって……」

言い返すことのできない黎禾を見つめ、隆翔はため息をこぼす。

「それで、君はどうするつもりだったんだ？」

「どうって……」

「彼女と入れ替わって、あの男のもとへ行くつもりだったのか？」

「それは……」

もともと黎禾が耿《こう》玄磊との縁談を受け入れたのは、花婿が「すでに死んだ男」だと思っていたからだ。相手が生きていると知ってしまった今、絶対に行きたくないというのが本音だった。

しかし橙莉を彼のもとから連れ出すためには、そうするしかない。

弟の借金を返すためにすでに結納金をもらってしまっている以上、ほかに選択肢など存在しないのだ。

「君は、それでいいのか？」

「いいもなにも、そうするしかないもの……」

手を握りしめ、黎禾はつぶやく。すると隆翔はさらに眉根を寄せる。

どうしてそんなことにこだわるのだろう。憤った表情で見つめてくる隆翔に、黎禾は内心で首をかしげる。彼にとっては、橙莉という本当の妹さえ戻ってくれば、黎禾のことなどどうだっていいはずなのに……。

「やっぱり、今すぐ橙莉を連れ戻しましょうよ」

橙莉のことが脳裏に浮かんだとたん、黎禾はふたたび隆翔に訴えた。

先ほどは、打ち首になると脅されて橙莉を帰してしまったが、やはり彼女こそが公主なのだ。

（それに、あんな感じの悪い男のところに橙莉を置いておくなんて――）

黎禾は、玄磊の敵意をむきだしにしたような目つきを思い出し、橙莉が心配でならなくなった。

「なんだって？」

「だって、あの男のところで橙莉がひどい目にあっていたら……」

「大丈夫だ。たぶんそんなことにはなっていない」

「どうしてそんなことがわかるのよ？」

黎禾が見上げると、隆翔は額に手をやりながらため息をこぼす。

「そもそも成州藩は、いつ稜《りよう》帝国に反旗を翻すかわからないと言われている状況なんだ。そんなただでさえ微妙なときに、身代わりとして嫁いだ娘が、実は公主だったなんて明らかになってみろ。下手すれば人質にされるし、無理に連れ戻そうとすれば、内乱に発展しかねないぞ」

「そんな状況なら、なおさら――」

助け出さなければ――。黎禾がそう口にしようとすると、隆翔が苛立《いらだ》ったように遮って言う。

「正直、今は君のことで頭がいっぱいで、彼女のことまで気を回す余裕がない」

(気を回すことができないって……)

黎禾は絶句した。

「橙莉は、あなたの本当の妹なのよ。そんな冷たいことを言わないで!」

今までさんざん妹を大切にしているように見せておきながら、実の妹が現れたとたんなんと薄情なのだろうか。

自分がどれだけ勝手なことを言っているか自覚のない黎禾は、そう隆翔をなじってしまう。

そのときだった。

　隆翔が不本意そうに顔をゆがめたかと思うと、黎禾の顔にふっと影がかかった。思わず視線を上げると、隆翔の顔が驚くほど間近に見える。

　そして気がつくと、唇が重なっていた。

（なに――？）

　突然のことに、黎禾はなにが起きているのかわからなかった。ただ張り詰めた空気のなか、息をつめてじっとしているしかない。

　どれだけそうしていただろうか。

「なんとなく、わかった気がする」

　やがて唇を離した隆翔が、ゆっくりと身体を起こしながらそうつぶやく。

「と、突然なにするの⁉」

　なにがわかったというのだ。

　我に返った黎禾は、驚きのあまり上ずった声を上げてしまう。しかし彼と距離を取りたくてもすぐに壁にぶつかってしまい、それ以上後ろに下がることができない。

「確認したかっただけだ」

　狼狽する黎禾に対して、隆翔は顔色ひとつ変えることなく淡々と答えた。先ほどまでの憤りなど、まるでなかったかのように。

「確認ってなにを⁉」

「自分が正常だってことを」

「意味がわからないのだけど!?」

　自分の顔が真っ赤になっているのはわかったが、黎禾はそれを羞恥《しゅうち》のためとは認めたくなかった。ただ、じっと見つめてくる彼に負けまいと睨みつづける。

そうしていなければ、得体のしれないなにかに飲まれてしまいそうで怖かったのだ。ふたりだけしかいない部屋のなかで、急に自分がちっぽけで無力なものになった気がして、無意識に身を竦《すく》ませてしまう。

そんな黎禾を、隆翔はしばらくもの言いたげに見つめていたが、しかし結局なにも言わずに踵《きびす》を返した。

「待って！　あなたは、私をどうするつもりなの？」

まだ重要なことをなにも話していない。

偽者の公主と知った以上、彼は黎禾をどのように処するつもりなのか。皇上に告げて、罪人として捕らえるのだろうか。

自分のことは仕方がない。しかし身元を調べられ、弟の黎安にまで罪が及ぶことはなんとしても避けたかった。

その一心で訊ねると、隆翔は振り返り、静かに口を開いた。

「荘廉王がいなくなった混乱がまだ落ち着いていない今は、君のことを公表するわけににはいかない」

それだけ言うと隆翔は、ふたたび黎禾に背中を向けて歩きだす。

「だから、当分の間私たちは兄妹《きょうだい》のままだ」

隆翔がわざわざそう告げたのは、なぜだろう。

しかし黎禾にも、ふたりの関係がこの日を境に変わってしまったのはわかっていた。

（隆翔《りゅうしょう》はいったい私を、どうするつもりなのかしら）

公主でないことを彼に知られてから幾日も経《た》ったが、黎禾《れいか》が重罪人として捕らえられることはなかった。しかしなにを考えているのかと訊《たず》ねても、隆翔ははっきりと答えず、彼女の不安は日々つのっていった。

『荘廉王《そうれんおう》がいなくなった混乱がまだ落ち着いていない今は、君のことを公表するわけにはいかない』

（それはつまり、宮中が落ち着いたら、罰せられるということかしら）

黎禾ひとりのことならばともかく、万一弟の黎安《れいあん》にまで罪が及ぶようなことは絶対に避けたい。それだけを頼みたくて隆翔に会いに行っても、彼は忙しいと口にするばかりでまともに顔を合わせようともしてくれない。

しかも隆翔は、翌日には黎禾を皇太子宮の栄心殿から出し、皇上の後宮を開いてそのなかにある景仁宮《けいじんきゅう》へ移すと言いだした。

もともと冊封《さくほう》大典のあとに黎禾に与えられる予定だった宮殿で、準備はできていたらしい。しかし今の時期に急にそんな話をしてきたのは、彼が黎禾を避けているからとしか思えなかった。

（なによ。怒っているなら、はっきりそう言えばいいじゃない）

こんなふうになにも言わずに無視しつづけるなんてひどすぎる。

いや、黎禾を避けるのならば、それは仕方がないことである。

しかし橙莉《とうり》は、隆翔にとって本当の妹なのだ。その妹をないがしろにするようなことだけはしないでほしかった。

「なんとかお咎《とが》めのない形で、黎禾様が公主だという誤解を解くことができればいいんですけれど……」

ふいに耳に届いた声に顔を上げると、橙莉が気づかわしげな表情を浮かべて黎禾を見つめている。

「いつ死罪になるかわからない状況にずっと身を置いていなければならないなんて、ひどすぎます」

橙莉は、公主でないことが明らかになれば打ち首になるという、先日の隆翔の言葉に衝撃を受けたらしい。ひどく心配して、こうしてふたたび黎禾のもとを訪れてくれたのだ。

「私のことはいいのよ。そんなことより、早くあなたに公主の身分を返さなければならないわ」

事前に連絡を受け、正式な客人として招き入れることができた橙莉と、こうして卓を挟んで茶を飲んでいると、不思議な気持ちにさせられる。

明茶商会《めいちゃしょうかい》で忙しく働いていた日々からさほど経っていないというのに、互いにあのころには考えられなかったようなきらびやかな衣服を身に着け、皇城のなかで会話を交わしているなんて。

「その話は、やっぱりなにかの間違いですよ」

すると橙莉は、いまだに自分が公主であると信じられない様子で肩をすくめる。

「間違いのはずないわよ。だって、あなたと隆翔は、とてもよく似ているもの」

「はあ、でも……」

「今度こそ皇上にお会いしましょう？　そうすれば、あなたもなにか感じるかもしれないわ」

「とんでもないです！」

隆翔に知られないうちに、皇帝のもとへ連れていってしまおうか。黎禾がそう考えつくと、それまであいまいな表情を浮かべていた橙莉が力いっぱい首を振った。

「わたしのような者が皇上にお目通りだなんて、罰《ばち》があたります！」

「なにもそんな……」

「いいえ！　絶対そうなります！」

かたくななほど拒否する橙莉に黎禾が驚いているうちに、急に隣室が騒がしくなる。

「どうしたのかしら？」

橙莉が来ている間は、女官たちに部屋に近づかないよう話してあるはずなのに。

そう思っていると、「困ります！」と叫ぶ女官の声と重なるように、突然扉が開け放たれた。

「玄磊《げんらい》様⁉」

立ち上がって叫んだ橙莉の視線を追った黎禾は、そこに成州王《せいしゅうおう》の世子の姿を見つけて唖然《あぜん》とする。

黎禾の私室は、皇太子宮の一角にあり、後宮などの男子禁制の場所に位置しているわけではない。それでも彼女を気遣った隆翔によって、普段は男性の侍衛さえ近づかないようにされている場所なのだ。だというのに、玄磊は遠慮もなく乗りこんできたのである。

「何の用なの？」

驚きながらも、思い切り不快感をあらわにした顔で黎禾は訊ねた。すると彼も、不機嫌に返してくる。

「橙莉を迎えに来ただけだ」

鋭い眼光に反して、少し童顔なのだろうか。叔父から縁談を持ち掛けられたときに二十代後半だと聞いていた彼の容貌《ようぼう》は、隆翔と同じくらいの年頃に見えた。

「あ、あの、黎禾様。玄磊様はわたしを心配してくださって、その……」

ぴりぴりとした空気に気を揉《も》んだのだろう。戸惑ったように声をかけてくる橙莉に、黎禾はますます玄磊への怒りをつのらせる。

黎禾は、ひと目見たときからなぜかこの男のことを好かなかった。橙莉からは、彼には無体なことどころか、黎禾を捜すためにいろいろと助けられたと聞いたにもかかわらずだ。橙莉が、彼を信頼している様子なのが、さらに気に障る。

しかしそれは彼も同じなのだろう。はじめて会ったときから黎禾に対して敵意にも似た鋭い感情をにじませてくる。

「受け取った結納金《ゆいのう》はかならず返すわ。だからさっさと橙莉を解放してちょうだい」

相手が外藩の世子であろうと、黎禾に遠慮する気はなかった。偽りの公主として、すでに首の皮一枚でつながっている状態なのだ。怖いものなどなにもない。

「なんだその、俺が借金の形に橙莉を人質に取っているかのような物言いは……」

「事実でしょう⁉　でなければ、どうして橙莉があなたのところにいなければならないのよ⁉」

「あ、あの、黎禾様！　明茶商会のことですけど……！」

いまにも衝突しそうなふたりの間に入ろうとしたのだろう。橙莉があたふたとした様子で声を上げる。

険悪な雰囲気に彼女が話題を変えようとしたことには気づいたが、明茶商会のこととなれば、黎禾も玄磊になどかまっていられない。

「この間、黎安様に会ってきたんです。ずいぶんしっかりなさったご様子で、黎禾様に言われたとおり、商会をきちんと切り盛りなさっているようですよ」

「……そうなの？」

思ってもみなかった橙莉の言葉に、黎禾は目を丸くした。

「借金の件で黎禾様に迷惑をかけたと、黎安様も反省していらっしゃるのかもしれませんね」

「そうだといいけれど……」

そう返しながらも黎禾は、橙莉から聞いた弟の変化に口元をほころばせた。

そうだったらいい。だとしたら、たとえこれから黎禾になにが起ころうとも、もう心配することはなにもないと――。

＊

玄磊に迎えに来られた橙莉は、まもなくして皇太子宮を辞した。

橙莉を皇城にとどめて成州王の藩邸になど帰したくないというのが、黎禾の本音だ。しかしそうしなかったのは、事実が明らかになれば斬首《ざんしゅ》される危険がある以上、慎重にふるまわなければならないと橙莉に諭されたからである。

自分のことよりも黎禾自身の無事を考えてほしいと話す橙莉に、どうしようもなく申し訳なさがつのった。それとともに、これからどのような形で皇帝に、橙莉こそが公主であると告げればいいのかと途方にくれてしまう。

（隆翔は、相談に乗ってくれそうにないし……）

皇太子宮の外門までふたりを見送ったあと、私室へと取って返しながら黎禾はため息をこぼす。そうして装飾彫りの施された扉の前まで来た黎禾は、いつもならば控えているはずの女官がいないことを不思議に思いながらそれを開き、息を呑《の》んだ。

正面の椅子《いす》に隆翔が座っていたからだ。待ちわびた様子で足を組み、黎禾に気づくと、詰問するように訊ねてくる。

「どこに行っていたんだ？」

こうして彼のほうから話しかけられるのは久しぶりだ。黎禾はどこか緊張しながら言葉を返す。

「橙莉たちを見送りに行っていたのよ」

橙莉はひとりで皇城に来たわけではなく、玄磊と一緒だったのだ。隆翔が彼の動向を知らないはずがない。

「あの男とは会うな」

「そんなことを言われたって……」

　会うなと言われても、玄磊のほうが勝手に黎禾の部屋へやってきたのだ。橙莉を迎えに――。

　しかしそう答えたとたん、椅子から立ち上がった隆翔が黎禾の腕をつかんでくる。

「伝えることがあったから部屋に来たら、君はいなかった。女官たちもどこに行ったかわからないと言うから……一緒に皇城から出ていったのかと思った」

　黎禾は、隆翔の言葉に目を見開いた。

　たしかに黎禾は、今になっても女官たちについてまわられるのに慣れず、ひとりで行動してしまう。しかしまさか、彼がそんなふうに考えるとは思ってもみなかったのだ。

「どうしてそんなことを……」

「君は私が皇城に連れてきてからずっと、城外に出たがっていた。身分が明らかになる前に、抜け出すつもりだったんだろう？」

　言い当てられ、黎禾はどきりとする。

「だからって、黙って出ていったりはしないわよ。それに中秋節の今夜は、皇上と月を一緒に見る約束をしているもの。その前にいなくなったりなんてしないわ」

たしかに、皇城から逃げ出すことばかり考えていたときもある。しかし今は、勝手に姿を消せば、黎禾を娘と信じる皇帝を傷つけることくらいわかっている。

「あなたが、皇上を守りたいのはわかっているけれど、私も皇上のことを本当にお慕いしているのよ」

あれほどにやさしい人が、実の父親だったらどれほどよかっただろう。黎禾はずっと、そう思ってきたのだ。

「そういうことを言っているんじゃない」

すると隆翔が、もどかしげに反論する。

では何を言っているのかと視線を向けると、しかし隆翔はすぐに目をそらしてしまう。

「成州藩は、いつ国に反旗を翻すかわからないと言っただろう。下手について行きでもしたら、彼が都を出るための人質にされる可能性だってあるんだ。それにあの男は……なにか重大なことを隠している気がする」

「そんなことを言ったら、もうすでに橙莉が人質になっているじゃない。どうするのよ。彼女になにかあったら——」

偽者の公主に過ぎない黎禾が、人質になどなりうるはずがない。

しかし橙莉は違う。彼女が本当の公主であると告げたあと、あれほど連れ戻そうと言ったにもかかわらず、隆翔は同意してくれなかった。

隆翔の瞳の奥で鈍く揺らめく光の正体がわからない黎禾には、彼の言葉が矛盾しているとしか思えなかった。

「そんなことにはならない」

「だから、どうしてそんなことがわかるの？」

なぜ隆翔がそうまで断言できるのか。苛立《いらだ》った彼女は、興奮のあまり言葉を重ねてしまう。

「とにかく、あの男とは会わないと約束してくれ」

「そうやって、あなたも無理やり私に言うことを聞かせたいのね」

男はそうやって女を支配しようとするのだ。父がそうだったように——。

「どうしてそういうふうにしか考えられないんだ？」

内心でつぶやいた黎禾に、隆翔は思いがけないことを言われたように目を丸くした。

「あなたが女性を信じられないのと、同じことよ」

そう返すと、隆翔はなにかを言おうと口を開いた。しかしなにも告げることなく、代わりに気を落ち着かせるように息を吐き出した。

「喧嘩《けんか》がしたいわけじゃないんだ」

「……私に、なにか用事だったの？」

隆翔の言うとおりだと思い、黎禾も矛《ほこ》を収める。最近ずっと彼女を避けていたのに、わざわざ部屋までやってきたということは、なにかあったのだろう。

訊《き》き返すと彼は、ようやく用件を思い出したようにうなずいた。

「君を、直接人買いに売った男を捕らえた」

黎禾は息を呑んだ。

邯達《かんたつ》の宿で眠り薬を飲まされたことは橙莉から聞いた黎禾だったが、やはり人買いのもとで目覚めるまでの経緯が、これまでずっとはっきりしていなかったからだ。

行方《ゆくえ》のわからなくなった黎禾をずっと捜してくれていたという橙莉の話では、黎禾が宿から直接姿を消したのか、それともひとりで街に出て人買いに捕らえられたのかはわからなかったらしい。

しかし黎禾には、自分で宿を出た記憶などない。もし宿で眠る黎禾を攫《さら》って人買いに売った者がいるのだとしたら、それが可能な人物は多くはないはずだ。

そしてもう一度黎禾を娼館《しょうかん》に売ろうとしていた人買いたちを調べなおすと告げた隆翔に、橙莉が打ち明けてくれたことがあったのだ。

『そのときわたし、「この女じゃない」って言われたんです』

橙莉は、黎禾と入れ替わり花嫁のふりをして成州藩へと向かっている道中で、盗賊に襲われたのだという。その際、紅蓋頭《こうがいとう》をなくした橙莉の顔を見た盗賊のひとりがそうつぶやいたことが、関係ないと思いながらも彼女は忘れられなかったのだという。

黎禾は、それを意味のない話だと一蹴《いっしゅう》することはできなかった。

もし黎禾が、成州藩に発《た》つ前から狙《ねら》われていたとしたら――？

そして黎禾が邯達のその宿に泊まることを知っていて、橙莉の身代わりに気づくことができる人がいるとしたら――？

そう考えたら、思い浮かぶのはひとりしかいなかった。

「私も行くわ――」

だから黎禾は、隆翔について歩きだした。

直接会って話したい。そう思って――。


罪人を皇城に上げるわけにはいかないからだろう。黎禾が連れていかれたのは、城下にある宏傑《こうけつ》の屋敷《やしき》だった。

案内された部屋に入った黎禾は、そこに座っていた人物の姿に声をもらす。

「叔父様……」

「黎禾か……？」

そこには叔父の泰敬《たいけい》が、手首を縄で縛られて座っていた。

前もって予想してはいたものの、こうして実際に捕らえられている叔父の姿を見ると、強い胸の痛みに襲われる。

「おまえ、どうしてここに？　それにその格好……」

泰敬は、突然自分が人買いに売った姪《めい》が現れて、心底驚いているように見えた。それを眺めながら黎禾は、後ろからついてきた隆翔に言う。

「縄を解《と》いてあげて」

「しかし――」

「お願い。叔父とふたりで話したいの」

重ねて頼むと、隆翔は眉《まゆ》をひそめながらも、兵に目配せをして泰敬の縄を解かせる。そして兵を室外に出すと、これ以上は譲れないとばかりにみずからは少し離れた衝立《ついたて》の裏にまわった。

「お久しぶりです、叔父様」

隆翔が気にならないわけではなかったが、たぶん出ていってはくれないだろう。あきらめて泰敬の向かいに座った黎禾は、できるだけ冷静な声で口を開いた。

「どういうことだ？」

「それは私が言いたい言葉です。どうして私を、人買いに売ったのですか？」

成州藩へと向かった黎禾を後から追いかけ、宿で眠っていた彼女を人買いに売ったのは、叔父である泰敬だったのだ。

黎禾が気づいているとは思わなかったのだろう。

泰敬は目を見開いて黎禾を見ると、官吏とでも思ったのか隆翔がいるはずの衝立へと視線をやり、「そういうことか」とつぶやいた。

「おまえが勝手に商会など作るからだ。すぐに失敗すると思えば、こちらの顧客を次々に奪っていきおって。さっさと嫁にでも行っておれば、こんなことにもならなかったのに」

「……だから私に、冥婚《めいこん》と偽って結婚を勧めたのですか？　途中で人買いに売って私が帰ってこなくても、死んだと言ってごまかせると思って？」

黎禾は、叔父の身勝手な主張に震えながら言葉を返した。

橙莉が入れ替わっていた花嫁行列を盗賊に襲わせたのは、そのまま黎禾が茶葉の専売権を持つ成州藩の世子夫人になるのも都合が悪かったからだろう。黎禾が嫁げなくなったことを成州藩に納得させるためには、彼らの寄越した護衛の前で彼女を攫う必要があったのだ。

しかし花轎《かきょう》に乗っていたのが別人と気づいたために取って返し、宿で眠っていた黎禾を見つけたのに違いない。

「仕方がないだろう。あのままでは、こちらの商売が成り立たなくなる」

「どれだけ強欲なのよ！　父の商会を、黎安から奪っただけでは足りなかったの⁉」

黎禾は怒りのあまり、冷静に話そうと思っていたことも忘れて声を荒らげてしまう。

叔父の所有する商会は、もともと黎禾の父のものであり、そもそもの後継ぎは黎安だったはずだ。にもかかわらず泰敬は、父の事業をすっかり自分のものにしてしまったのだ。まるでそれが、ふたりを引き取る条件だったとでもいうように。

早く自立したかった黎禾だが、欲深い叔父がやすやすと事業を黎安に譲るとも思えなかった。だからこそ彼女は、叔父と争わないように独立する道を選んだのである。得意先を少しばかり引き連れてしまったのは事実だが、もともとの顧客の数に比べたら微々たるものだ。

それに叔父の商売がうまくいかなくなったのは、黎禾のせいではない。茶葉が成州藩の専売になったために、叔父の古いやり方が通用しなくなっただけだ。一部の大商人だけで寡占《かせん》してきたために高額だった茶葉の価格が下がれば、誰もが廉価なものを求めるに決まっている。

「なにか問題があるのか？　そもそも兄貴がおまえたちに商会を継がせたいと思っていたとも限らないだろう。私が引き継いだほうが、兄貴も喜んでいるに違いないだろうよ」

しかし泰敬は、悪びれることなくそう言うと、黎禾に向かって鼻を鳴らした。

「それで、おまえは私をどうするつもりだ？」

「私はどうもしません。叔父様は法によって裁かれるだけです」

そう答えると泰敬は忌々《いまいま》しげに舌打ちする。

「おまえは昔から可愛《かわい》げのない娘だったな。引き取ってやったというのに、懐きもしないで。だからあの兄貴も――」

「父も、なんだというの？」

なにを知っているというのだと、黎禾は神経を尖《とが》らせながら訊ねる。

「私が気づいてないとでも思ったのか？　あの火事は兄貴の仕業だ。兄貴が自分で自分の屋敷に火を放ったのさ。妻だけでなく、おまえや黎安のことも焼き殺すつもりでな……！」

呪詛《じゅそ》のような叔父の言葉に、真っ赤に燃えさかる屋敷の光景がよみがえり、黎禾の喉《のど》がひくりと鳴る。

それは彼女が、ずっと胸の奥にしまっていた事実だった。父に棄《す》てられたことを知れば、幼かった弟も同じように傷つくと思って――。

「なんだ、おまえは⁉」

ふいに泰敬の上げた声に顔を上げると、いつのまにか衝立から出てきた隆翔が、彼の胸倉をつかみ上げていた。そしてそのまま一発殴りつけると、彼は泰敬をまるで物のようにどさりと床に落とした。

「こんな男と、もう話すことなんてないだろう。帰るぞ」

茫然《ぼうぜん》とそれを眺めていた黎禾は、そう言われて慌ててうなずく。そして彼の後について待たせていた馬車に乗りこむと、無言のまま皇城へと引き返したのだった。

「今日はありがとう」

栄心殿の私室まで戻ると、黎禾はそれだけ口にして、急いで隆翔の前を通りすぎようとした。

「着替えてくるから、あとで会いましょう」

中秋節の今夜は、皇帝と月を眺める約束をしている。きっと隆翔も来るのだろう。すでに日は落ち、宴《うたげ》がはじまるまで時間がない。早く仕度をしなければ。

「黎禾」

「なに？」

しかし隆翔に呼び止められ、黎禾は警戒をにじませた表情で振り返る。

彼の口からはなにも聞きたくない。同情も、憐《あわ》れみも――。

そんな黎禾の気持ちに気づいているだろうに、しかし隆翔は彼女の腕を取り、人払いをして部屋の正面にある椅子に座らせた。そしてみずからは床に跪《ひざまず》き、視線を合わせるように見つめてくる。

「話してくれ」

「話す？　なにを？　話すことなんてなにもないわ」

わからないふりをしながら黎禾は、彼の眼差《まなざ》しから逃れるように絨毯《じゅうたん》へと視線を向ける。ひどく疲れていて、今すぐ誰もいない寝室に逃げこみたい。

「君自身のことだ。昔、なにがあったのか教えてくれ」

「あなたには関係のないことよ」

しかし隆翔は、会話を拒む黎禾の手首をつかんで引き寄せると、袖《そで》をめくりあげて火傷《やけど》の痕《あと》をさらしながら訊ねてくる。

「あの男は、君の父親が屋敷に火を放ったと言っていたな。これは、そのときのものなのか？」

黎禾は彼の手を振り払って醜い傷痕を隠そうとしたが、隆翔はそれを許さなかった。

「黎禾――」

「私の父親は……」

迫るようにふたたび名を呼ばれ、早く解放されたくて黎禾は口を開いた。

「父は、お酒を飲むといつも暴れて……。たぶん母は、そんな父から逃げようとしたの。私と弟を連れて。父はそれに気づいて、屋敷に火を放ったんだわ」

母によって窓から突き落とされたおかげで黎禾は命拾いをしたが、母は炎に焼かれて亡くなってしまった。

そのときのことを思い返すたびに、どうして母を助けられなかったのかと、自分の無力が許せなくなる。

「男に支配されるのが嫌だと言ったのは、そのせいなのか？」

「そうよ。自分の思いどおりにならないと、男はいつだって力で言うことを聞かせようとするのよ。でも私は、絶対に母のようにはならない」

なぜか傷ついたような表情を浮かべる隆翔に、黎禾は告げる。そしてこれ以上話すことはないとばかりに立ち上がろうとすると、ふたたび腕をつかまれて椅子に戻される。

「私は君の父親とは違う。君を傷つけるようなことをするわけないだろう」

「そうね。でもそれは、あなたが私の〝兄〟だったから」

なおも食い下がってくる隆翔に、黎禾は挑むような眼差しを向け、それ以上の接近を拒んで言った。

たしかに黎禾は、彼に守られていると感じたことはあっても、傷つけられると思ったことは一度もなかった。あの日、皇帝である父親とともに黎禾を『守る』と誓ったように、なにがあっても助けてくれるだろう。

でもそれは、隆翔が黎禾のことを妹だと思っていたからだ。男というものは、女性を所有した瞬間に豹変《ひょうへん》するものなのだ。

「そんなに私のことが信じられないのか？」

視線を落とした黎禾に、あえぐように隆翔が訊ねる。

「信じられない……わけではないと思うわ」

たしかに隆翔は、父とは違う。そのくらいわかっている。

だけど――。

「今はそうでも、あなたもきっと、すぐに私のことが嫌になるもの」

「ちょっと待て。どうして私が君を嫌になるんだ」

父だけでなく、叔父まで――もっとも近しいはずのふたりが、黎禾のことを疎んじていた。ひとりは焼け死んでもかまわないとばかりに火を放ち、もうひとりは存在が邪魔だと人買いに売った――。

男の人はたぶん、黎禾を愛しはしないのだ。

父が黎禾を愛していたら、母との間になにがあろうと、きっと屋敷に火を放つなんてことはしなかった。

だから男を遠ざけ、嫌いになろうとした。

傷つきたくなかったから――。

（橙莉は私を憐れんで、冥婚の花嫁の身代わりになろうとしたけれど、本当はそんな必要なんてなかったのよ）

だって黎禾は、よろこんで冥婚に身を投じるつもりだったのだ。〝生きた夫〟など必要なかったから――。

「黎禾……」

両手で頬《ほお》を挟まれ顔を上げさせられると、すぐ近くに隆翔の顔がある。

痛ましげにこちらを見下ろす眼差しに、嘘《うそ》など見当たらない。

しかし心なんて、すぐに変わるものだ。

そう思ったら、涙が出そうになる。しかし彼に泣くところを見せるなど、とても耐えられなかった。

だから黎禾は、隆翔の手を振り払い、そのまま逃げるように彼の前から走り去ることしかできなかった。

＊

「今年の中秋節は格別だの。息子と娘に囲まれるなど、このような日が来るとは思わなかった」

鳳凰楼《ほうおうろう》の最上階からは、玲瓏《れいろう》とした月がよく見える。それを眺めながら皇帝は、盃《さかずき》を掲げ感慨深げにつぶやいた。

古来中秋節は、家族が集い、ともに月を楽しむ祭りだ。

露台に席を設けた黎禾たちの前には、さまざまな餡《あん》をつめた月餅《げっぺい》が高く盛られ、そのほかにも豪華な食事が並べられている。

皇族だけではない。鳳凰楼から見渡せる城下でも、今夜は朝まで市が立つ。道々につけられたその灯籠《とうろう》の明かりが、まるで星空を映したように輝いている。

そして皇城のなかでも、今夜は最小限の者を残して暇《ひま》が与えられている。露台から庭園を見下ろせば、女官たちがあちらこちらで、願い事を書いた提灯《ちょうちん》のなかで火を焚《た》き、空へと飛ばす天灯《てんとう》を楽しんでいるのが見えた。

黎禾は、家族で集まることができたと悦《よろこ》ぶ皇帝にいたたまれなくなりながら、ちらりと隆翔へ視線を向ける。

さぞかし、公主だと偽り父親を騙《だま》している黎禾に蔑《さげす》んだ眼差しを向けていることだろう。そう思っていたが、彼はなにも言わずにひとり盃を傾けている。

先ほどのことがあったせいか、楼閣で顔を合わせてからも隆翔はけっして黎禾と目を合わせようとしなかった。

きっとひどく怒らせたのだろう。

彼は叔父が犯人だったことを知って傷つく黎禾を思いやり、慰めようとしただけなのに、黎禾はそれを手酷《てひど》く拒絶したのだから。

「そなたには、もう会うことができないのではとあきらめかけていた。よい娘に育っていてくれて、いや生きていてくれて、本当にありがとうの」

「皇上……」

うっすらと涙さえ浮かべた皇帝に、黎禾の胸がずくりと痛む。礼を言われるどころか、黎禾は彼を騙しているのだ。

皇帝が求めている娘の橙莉は、すぐ近くにいる。橙莉は固辞していたけれど、やはり早く会わせてあげなければならないのだ。

すでに隆翔に知られ、もう隠すようなことはなにもない。もしそれで処罰されることになったとしても、恨みはしまい。

「皇上、あの……」

しかし口を開きかけたとたん、パンッという磁器の割れる音が響いた。思わず視線を向けると、隆翔が石畳に盃を落としたようだった。

「ご無礼をいたしました、父上」

「めずらしいの、隆翔。少し酔ったか？」

「そうかもしれません」

皇帝にそう答えた隆翔の眼差しが、黎禾へと注がれている。「言うな」という合図のような気がして、彼女は口を閉ざす。

「女官たちも楽しんでおる。片付けは朝にさせればよい。楽しい夜じゃ。さあ黎禾も飲むがよいぞ」

皇帝に酒を注がれれば、断ることなどできるはずもない。口をつけると慣れない味が喉を焼いたが、黎禾はぐいと飲み干した。

「それでな、隆翔よ」

視線の高さまで上がってきた天灯を眺めながら、皇帝がおもむろに口を開いたのは、盃を重ね食事も進んだころのことだった。

「余は、そろそろそなたに譲位をしようと思っている」

黎禾が驚いて盃を傾ける手を止めると、隆翔も目を見開いて父親の顔を凝視している。

「どうして急にそんなことを……？　まだ父上はそんなお歳《とし》ではないでしょう」

「父君――先帝陛下が弟の荘廉王ではなく余に皇位を継がせたのは、おそらく余というよりはそなたに目をかけていたからだ。そなたのほうが、余よりもうまく国を統治していけるだろうよ」

「そのようなことは……」

「それに、いつまでも皇后をひとりにしておくのも気になってね」

父の言葉を否定しようとした隆翔だったが、突然皇后について言及されて唇を引き結ぶ。

「そなたは皇后を許せないかもしれないが、彼女だけが悪いのではない。一番に責められるべきは、余の弱さなのだ」

夫婦にしかわからないこともあるのだと告げられれば、隆翔もそれ以上なにも言えない様子だった。

「べつに急いでいるわけではないのだ。しかし少し考えておいておくれ」

そして皇帝は、思案した様子でうなずく隆翔に向かって笑みを浮かべる。

「だがそうとなれば、皇后となる妃《ひ》を早く決めねばならぬの」

「父上、それは……」

言葉を詰まらせる隆翔から視線をそらし、黎禾は盃を呷《あお》った。

（私には関係ないわ。だって、彼が即位するころには、ここにはいないもの）

きっと、すぐにでも皇城を出ていくのだから。

たとえ生きていても、死んでいても――。

第六章

（なんだか、寒い……？）

深い眠りに落ちていた黎禾《れいか》は、自分が身震いをしたことに気づいてそう思った。

近頃は朝晩涼しくなってきたとはいえ、どうしてこんなに寒いのだろう。そう不思議に思いながら黎禾は、いつも使っている薄手の布団を引き上げようとする。

しかし伸ばした手の先に、求めている絹地の感触はなかった。どんなひどい寝相で眠っていたのだろうと頭の片隅で考えながら、肌寒さに耐えきれずにしぶしぶ目蓋《まぶた》を開く。

（ここは、どこ……？）

窓の外は白みはじめているようで、視界に困ることはなかった。しかし寝ぼけたまま目をこすった黎禾は、飛天を描いた見覚えのない天井板に首をかしげる。

（というか私、どうして寝台じゃなくて絨毯《じゅうたん》の上で寝ているの？）

なにかがおかしい。

そう訝《いぶか》しく思ったとき、隣でもぞりと動く気配を感じて視線を向ける。その瞬間、飛び込んできた光景に黎禾は目を見開いた。

「きっ――」

思わず上げかけた悲鳴を、口を押さえてすんでのところで飲みこむ。

(なんで？　どうして？)

動揺したまま黎禾は頭のなかで繰り返す。目の前に見えるものを幻だと思いたくて何度も瞬きをするが、依然としてそれが消えてくれることはなかった。

(どうして隆　翔《りゅうしょう》がいるの……⁉)

しかも黎禾の隣に横たわる彼は、たぶんなにも身にまとっていなかった。身体《からだ》の上にかかっている衣からはみ出た手足はむきだしで、隠されたところも想像に難くない。

それどころか黎禾自身なにも身に着けておらず、それがさらに動揺をあおった。

(昨日は皇上と月を眺めていて、それで譲位の話が出て、皇后を決めなくてはならないって……)

そして皇帝が先に休むと帰ったあと、どうしたのだろう。

慣れない酒を飲んだせいか、あまりよく覚えていない。しかし脳裏に浮かぶ断片的な記憶が、黎禾をひとつの結論に向かわせざるをえない。

熱い肌の感触と、耳に絡む息遣い、そして絨毯にこすれた背中がひどく痛んだこと
――。

なにかの間違いだと思いたかった。だけど、あらゆることが黎禾に現実を受け入れることを強《し》いてくる。

（――私、なにをやっているの⁉）

隆翔と寝たのだ――。

認めざるをえないその事実に、黎禾は卒倒しそうになる。

（とにかく、ここを離れなくては……）

この場から早く逃げ出したい。早く、彼が目覚める前に――！

慌てて周囲を見まわし、離れたところにようやく自分のものらしき長袍《ちょうほう》を見つける。

しかし手を伸ばしても届く距離ではなく、焦った黎禾は立ち上がろうとした。

「寒い――」

しかし、それをなじるようにかすかな声が上がる。ぎょっとして視線を向けると、隆翔が身じろぎながら腕をさまよわせていた。ふたりにかけられていた布を黎禾が胸元でつかんだまま動こうとしたせいで、さらに手足をさらしながら――。

「どうした、黎禾……？」

お願いだから、目覚めないで――。

そんな黎禾の祈りもむなしく隆翔の目が開くと、彼は幸せな夢でも見ていたかのように、とろけた笑みを向けてくる。

（そんな顔をしないで――）

そう思いながらも黎禾が動けずにいると、彼もじきに現実を認識しだしたのだろう。瞳《ひとみ》にぼんやりと浮かんでいた光が焦点を結び、やわらかな笑みがこわばっていく。

「黎禾……」

「なにも言わないで……！」

口を開きかけた隆翔に、黎禾は思わず叫んでいた。

「私、ちゃんとわかっているから」

隆翔にしゃべらせてはならない。直感的にそう思うと、黎禾は彼の言葉を封じるように続ける。

握りしめているのが隆翔の内衣だということはすぐに気づいたが、彼が身を隠せなくて困ったとしても、そんなことにかまってはいられなかった。

「わかっているから、だからお願い。少し後ろを向いていて」

黎禾の気迫が通じたのか、隆翔はぴたりと口をつぐんだ。しかし身を起こして背中を向けると、低い声で訊《たず》ねてくる。

「――なにをわかっているんだ？」

彼の冷静さが胸に刺さり、黎禾は泣きたくなった。

わかっている。隆翔にとっては、こんなことはたいしたことではない。

お酒のせいでちょっと羽目をはずしてしまっただけ。たまたまそこにいたのが、黎禾だったにすぎないのだ。

そもそも彼は皇太子で、どんな女でも好きにできる身の上なのだ。一夜の過ちと言われたり謝られたりでもしたら、きっともう立ち直れない。

それがわかっているから黎禾は、わざとそっけなく言った。

「わかっているもの。お酒のせいだってことくらい」

「酒のせい？」

すると隆翔の声が一段低くなった気がした。

「君が私に抱かれたのは、たんなる酒のせいだと言うのか？」

「そうよ」

〝抱く〟だなんて、そんな生々しい表現をしないでほしい。そう思いながらも黎禾は、冷静さを装ってうなずく。

「事故みたいなものよ。だから、お互いさっさと忘れましょう？　私もあなたに責任を取れなんて言わない――」

だから安心してと口にしかけた黎禾を、しかし隆翔は苛立《いらだ》ったように声を荒らげて遮った。

「君は、そんな女じゃないだろう……！」

る。

では、どんな女だというのか。思いもかけない隆翔からの非難に、黎禾は唇を噛《か》みしめ
彼が黎禾をどう思おうと、酔っぱらって夫でもない男に身を任せたふしだらな女には違いないではないか。

「あなたに、私のなにがわかるというのよ」

「……そうやって君が私を拒むのは、君の父親のことが原因なんだろう？」

「父の話はやめて！」

黎禾は、こんなときにさえ無遠慮に彼女の心を暴こうとする彼の無神経さに苛立った。

ただでさえ信じられない現実の前にどうにかして自分を保っているというのに、これ以上は耐えられるはずがない。

黎禾は隆翔が背中を向けたままであることを確認すると、内衣を手放して彼から離れた。そして急いで自分の長袍をつかむと、飾り棚の陰で身に着けていく。

「どうしよう……」

しかしそこまでして、黎禾は途方にくれてしまう。

服は自分で着ることができても、髪を結うことができない。こんな乱れた頭で部屋を出て、万一誰かに見られれば大変なことになる。

「私がやる」

するると先ほどまで黎禾が握りしめていた内衣をひっかけただけの姿で、隆翔が歩み寄ってくる。

（後ろを向いていてって言ったのに……）

そう非難したくても、隆翔は離れようとする黎禾を遮り、「そのままじゃ帰れないだろう」と引き寄せた椅子《いす》に座らせる。そしてどこからか櫛《くし》を見つけてくると、彼女の黒髪に通しはじめた。

なぜ女性の髪など結えるのか。

そう腹が立ちながらも、髪に触れられていると、昨夜のことがどんどん思い出されてくる。彼の指が耳をかすめれば、黎禾は身をすくめさせるしかない。

「終わったよ」

簡単な結い髪だが、それでも見苦しくない程度にまとめると、隆翔はそう言って以前彼がくれた真珠の髪飾りをつける。

「黎禾……」

そのまま耳元で名をささやかれ、背中から抱きしめられそうになる。

「頼むから、少し話をさせてくれ」

「私は話なんてしたくないのよ」

しかし黎禾は彼の腕から逃れると、彼から視線をそらしつづけたまま言った。

「ならば、せめて部屋まで送らせてくれ」

「必要ないわ」

そして食い下がってくる隆翔にそっけなく告げると、黎禾は彼の前から逃げ出した。

じっと見つめられていることはわかったが、とても振り返る勇気なんてなかった。


(信じられない。自分が、こんなにも軽い女だったなんて……！)

鳳凰楼《ほうおうろう》を飛び出した黎禾は、夜の明け切った庭園を走りながらそう思った。

もう二度と隆翔とは顔を合わせられない――。

時間が経《た》つにつれて思い出すことが増えてきて、黎禾はそれらの記憶をすべて消し去ってしまいたくなる。恥ずかしくて、生きていることさえ嫌になる。

(どうして皇上が帰ったとき、一緒に部屋を出てしまわなかったの……？)

酒に慣れていないくせに盃を重ねてしまい、いつのまにか前後不覚になるほど酔っぱらってしまった自分が、恥ずかしいやら情けないやら、黎禾の心のなかはもうぐちゃぐちゃだった。

早朝のため人の気配はなかったが、誰とも会いたくなくて、庭園に設けられた散策路を避けながら栄心殿にある自分の部屋へと急ぐ。

いまだに心臓がうるさいほどに鳴っていて、息苦しくてならない。胸の痛みをどうにかしたくて、早く自分の寝台のなかに逃げこんでしまいたかった。

燃えた提灯《ちょうちん》の残骸《ざんがい》などがところどころに落ちているが、さすがに明け方まで起きている者はいないのだろう。それをありがたく思ったときだった。

「きゃ……」

植え込みの陰から出たところで、小さな悲鳴が上がった。

人がいたのだと慌てて立ち止まると、そこにいたのは、かつて黎禾を杖刑《じょうけい》にしようとした荘貴人《そうきじん》だった。

供もつけずにひとりだった荘貴人は、腕に大きな提灯を抱えていた。

人目を避け、ここで夜明けを待って天灯をしようとしていたのだろうか。

どんな願いを書いたのかと思わず視線を向けると、荘貴人は提灯を黎禾から隠すように後ろにやり、しずしずと膝《ひざ》を折った。

「おはようございます、公主様」

荘廉王が失脚したあと、隆翔《な》は娘の荘貴人を後宮から追放することはしなかったという。しかし父という後ろ盾を失くし、彼女は罪人の娘として、ひっそりと暮らしていると聞いていた。

かつて荘廉王の娘として権勢を振るっていたはずの彼女は、化粧が淡くなっただけでなく居丈高《いたけだか》な雰囲気がなくなり、黎禾の目にもとても弱々しく映る。

「昨夜は見事な中秋節でございましたわね。皇太子様も、月を愛《め》でておいでてでしたか」

隆翔の様子を聞きたいのだろうか。

そう思ったら、黎禾はひどい苛立ちを覚えてしまう。

隆翔は以前荘貴人のことを、たんなる後宮の宮女のひとりにすぎないと言っていた。しかしたとえそうであったとしても、彼女は隆翔が好きなのに違いない。

(だって、本当に隆翔のことをなんとも思ってないなら、『わたくしという者がいるのに』なんて言うはずないじゃない……)

隆翔もいずれは、そのことに気づくだろう。

父親という拠《よ》り所《どころ》をなくした今の荘貴人は、美しくもはかなげで、女の黎禾でさえ守ってあげなければならないような気持ちにさせられる。

「さあ、いつも一緒にいるわけではないから」

いじわるな気持ちになり、そっけなく答えてしまう。昨夜黎禾としたようなことを、彼女ともしていたのだと思ったら、自分を抑えることができなかった。

だって黎禾は、彼女たちと同格にさえなれないのだ。

貴族でないというだけではない。

そもそも黎禾は、彼の〝妹〟でしかないのだから――。

そんな自分を恥じながら、黎禾は宮中作法に則《のっと》って膝を軽く折る。そしてできるだけ優雅に見えるよう、彼女の前を歩きだした。

しかし充分に彼女の視界から外れる距離まで来ると、次第に小走りになっていく。そして庭園を駆けながら黎禾は、自分のなかの醜い感情に気づいてしまった。

(だって、これは嫉妬《しっと》よ)

素直に彼を好きだと口にすることさえ許されない自分が、惨めでならなかった。

荘貴人だけじゃない。

荘廉王を討ってからというもの、隆翔に娘を差し出したいという者は後を絶たないという。昨夜皇帝が言ったとおり彼が即位すれば、ますます多くの娘が後宮へと入ってくるに違いない。

身分も高く、美しくて、そして性格も素直で愛らしい娘たちが――。

そこに黎禾の居場所なんてない。

皇帝に橙莉《とうり》が公主だと告げて彼の妹でなくなったら、そばにいることさえできなくなってしまう。

ずっと考えないようにしていたことが、黎禾の胸に一気に押し寄せてきて、とうとう涙が止まらなくなった。

＊

「うわ、なんですかここ！　酒臭いですよ」

鳳凰楼を上がってきた宏傑《こうけつ》は、最上階の部屋に入るなり開口一番にそう叫んだ。そして奥に隆翔の姿を見つけると、あきれたように言う。

「部屋に戻っていないっていうから、捜しましたよ。もしかして一晩中ここで飲んでいたんですか？」

隆翔が、内衣を緩くひっかけただけの、寝起きとすぐにわかる姿でいたからだ。しかも寝ぼけているのか、彼は壁際の椅子に片膝を立てて座ったまま、じっと絨毯の一点を見つめている。

隆翔は、宏傑が来たことには気づきながらも、彼の声掛けを無視した。

今は誰とも口をききたくない。

黎禾のことが頭から離れず、なにもする気が起きなかった。

黎禾に抱いている気持ちが、妹へ対するものなのか疑問を感じはじめたのはいつからだろうか。

はじめは、見つけてきた妹が可愛《かわい》くてならないだけだった。欲がなく、自分のことよりも他人のことをまず考える彼女といると、ただただ心地よかった。

そして気が強くてまっすぐで、でもどこか傷ついたような目をした彼女を、次第に甘やかしてやりたくなって――。

しかし触れて抱きしめたくなるほど愛《いと》おしさを感じても、それは妹に対するものだとみずからにずっと言い聞かせてきたのだ。

だから黎禾が妹でないと知ったとき、戸惑いながらも隆翔が感じたのは安堵《あんど》と、そしてまぎれもない悦《よろこ》びだった。

しかしどんな事情であれ、公主を騙《かた》ったことが露見すれば死罪は免れない。

黎禾は橙莉こそが本物の公主だと明らかにするつもりのようだが、そんなに簡単な話ではないのだ。

隆翔の黎禾への気持ちが道義的に許されるものだとしても、妹ではないことを明らかにして彼女を手に入れようとしたら、彼女は命を懸けることになる。

彼女を死の危険にさらすか、橙莉の存在を伏せてこのまま妹として側《そば》に置くか――。

しかし妹のままでは、黎禾には遅かれ早かれ、いずれ縁談がもち上がるだろう。それが成州王《せいしゅうおう》の世子である玄磊《げんらい》だろうが、宏傑をはじめとする中央官僚だろうが、ほかの男に黎禾を渡すなど考えたくもない。

どうにか罰せられることなく、黎禾の公主としての身分を解く道を探さなければ――。

そう思ったからこそ隆翔は、昨夜感情に流されて皇帝に告白しようとしている黎禾を止めもしたのだ。そうして兄妹《きょうだい》の関係を解消する間に、男が信じられない様子の彼女の壁を、少しずつ崩していくつもりで。

（なのに、その前に黎禾を抱いてしまうなんて――）

なにをやっているのかと、隆翔は己の愚かさを呪《のろ》いたくなった。

たぶん、突然譲位の話が出て、気が急《せ》いたせいもあったのだ。即位となれば、隆翔は皇后を決める必要がある。それまでに片をつけなければならないと――。

髪をかきむしり、隆翔はため息をこぼす。

（黎禾が普通の状態ではないことくらい、わかっていたはずなのに……）

酒を飲んでいたというだけではない。自分を人買いに売った叔父と対面して、彼女は深く傷ついていた。そのうえ屋敷《やしき》に火を放った父親のことまで思い出し、精神的に不安定になっていたのだ。

それがわかっていながら、結果として隆翔はそこに付けこんでしまった。

父である皇帝が自室に引き上げたあと、帰ろうとする彼女を引き留めたときは、傷ついた彼女を少しでも慰めたかっただけだ。涼しくなってきたからと室内に入って女官や侍従たちを下がらせたのは、黎禾が心の内を打ち明けやすくするためで――。

（こんなことにならないよう、黎禾を早々に景仁宮《けいじんきゅう》に移すつもりだったのに……）

しかし、そのために黎禾がさらに心を閉ざしてしまったのだとしても、隆翔は昨夜のことを後悔したくなかった。

隆翔にとって、あれほどに魂と魂が触れ合うような感覚は、はじめてだったのだ。もしあれが、夢や酒のもたらした妄想でないならば、今まで経験してきたものはなんだったのかと思うほどに。

好きな相手と肌を合わせることがあれほどに満たされるものだと知ってしまった今では、もうほかの女を抱く気になどなれない。

『事故みたいなものよ。だから、お互いさっさと忘れましょう?』

なのに、黎禾の声が耳によみがえれば、まるで天国から地獄へと突き落とされたかのような心地になる。

「聞いているんですか、隆翔?」

「なんだ?」

しつこく話しかけてくる宏傑が煩わしく、隆翔はようやく彼へと視線を向けた。すると宏傑は、あきれたような表情を浮かべて告げる。

「この一大事に、なんだじゃありませんよ。成州藩が、兵を挙げたと言ったんです」

「……なんだと?」

事の重大さに気づき、ようやく隆翔は我に返る。

「城下の藩邸は?」

「もぬけの殻です」

では玄磊は、橙莉も連れていったのだろうか——？

「兵の準備をしろ、早急にだ」

短く宏傑に命じながらも、隆翔は理解ができなかった。

成州藩が、なぜ急に兵を挙げたのか。

少なくとも後継ぎである玄磊は、稜《りょう》帝国に反旗を翻したいとは思っていないように見えたのに。

（いったいなにがあったんだ？）

隆翔は、橙莉が黎禾を捜すために栄心殿に紛れこんだときのことを思い出す。兵たちが刺客だと叫ぶ声を聞いたとたん玄磊は、『あの馬鹿……』とつぶやき色を失ったのだ。

そんな彼が、橙莉に不利になることをするとは思えない。

しかし今は、そんなことを考えている時間はない。

隆翔はみずからも戦支度を整えるために、急いで鳳凰楼を後にしたのだった。

＊

こんな気持ちは、知りたくなかった——。

ずっと彼の妹でいられたら、荘貴人に醜い妬心《としん》を覚えることも、こんなにも胸が押しつぶされそうな痛みに苦しむこともなかったのに。

自室の寝台に逃げこんだ黎禾は、頭から布団をかぶってそう思った。

たぶん黎禾はずっと、自分のなかにある得体の知れない感情を受け入れるのが恐ろしくて、考えないようにしていたのだ。隆翔に対して抱いている気持ちが何なのか。それに気づいてしまったら、もう今までのようには生きられないからだ。

しかし突然それを突きつけられ、黎禾はどうしていいかわからなかった。

「公主様――」

気分が悪いと寝室に閉じこもってから、どれほど経ったころだろうか。ふいに鈴を転がすような女官の声がして、黎禾はどきりと身を縮ませる。

「なに？」

朝になって戻ったことを、おかしいと思われているのではないだろうか。そんな意味のない後ろめたさを感じながら、それでも黎禾は寝台の薄絹を下ろしたまま声だけは平静を装って訊ねた。

「皇太子様がお見えです」

そのとたん黎禾の心臓が暴れだし、彼女は固まってしまう。

「どうしましょう？　ご気分が悪いことをご説明して、お引き取りを願いますか？」

「そ、そうして――」

女官は、黎禾の仮病を疑ってはいないようだ。

しかし上ずった声でそうしてほしいと答える前に、隣室が騒がしくなる。そして女官たちが強引に入室してこようとする隆翔を止めようとしていることに気づいたときには、扉が開けられ彼が入ってきてしまう。

そして隆翔は、まるで自分の部屋であるかのように女官に命じて部屋から出すと、まっすぐに黎禾のいる寝台に歩み寄ってくる。

「……身体の具合が悪いと聞いた」

ためらいがちにかけられた声に答えられずに黙っていると、隆翔がつかんだのか、ふたりを隔てている薄絹が揺れた。

「開けてもいいか？」

「だ、駄目よ！」

黎禾は反射的に叫んだ。今隆翔に自分の姿をさらすことなど、耐えられるはずがない。

「……黎禾」

「駄目ったら、駄目よ！　絶対に駄目！」

必死に言うと、隆翔はあきらめたように手を離す。しかしほっとしたのもつかの間、部屋から出ていってくれる気配のない彼に不安がつのる。

「君を傷つけるつもりはなかったんだ。辛《つら》い思いもさせて、すまないと思っている」

謝られれば、黎禾は逆にどうしていいかわからなくなる。

（違う。隆翔は悪くない）

思い起こせば、こんなことになったのは、彼のせいではないのだ。

酔って足をもつれさせた黎禾を隆翔は支えようとしただけで、どちらからともなく唇を重ねてしまっていた。無我夢中で、気がついたときにはふたりで絨毯に転がっていた。

『駄目だ、これ以上はまずい――』

だけどおそらく黎禾ほどには酔っていなかった隆翔は、たぶん彼女を押しとどめようとしていた。

『やめないで』

なのに黎禾が、そう言って彼を誘ったのだ。

どうなるか考えていたわけではないけれど、慣れない酒も手伝って、心が欲求するまま行動してしまった。そのせいで、隆翔のまとう空気が一変したと思ったときには、すべてが止まらなくなっていた。

「お願いだから、ひとりにして……！」

思い出したらいたたまれなくて、黎禾は声を絞り出す。そこに悲痛な響きを感じとったのか、隆翔はふたたび口をつぐんだ。

「じゃあ、これだけは聞いてくれ」

しかしわずかな間のあと、迷いのない口調で話し出す。

「たぶんずっと、私にとって君はとくべつだった。今思えばはじめて会ったとき、人買いの男に気丈に向かっていく君を見たときには、もう惹《ひ》かれていたんだと思う」

なにを言うのかと訝しむ黎禾に、隆翔は淡々と話を続ける。

「私はあのとき、妹が君であればいいと私情を持ってしまった。だから彼らが、君から佩《はい》玉《ぎょく》を奪ったと聞いて、その言葉に飛びついてしまったんだ」

そして隆翔はふたたび天蓋の薄絹をつかみ、訴えるように言う。

「だから、君が悪いんじゃない。すべて私が勝手に思いこんだせいだ」

そういえば隆翔は、黎禾が公主でないことを知ったあとも、一度も責めるようなことを言わなかった。ずっと彼に軽蔑《けいべつ》されていると思っていたが、そうではなかったのだろうか。

「それでも私は、たとえ人違いだったとしても、君を皇城へ連れてきたことを後悔していない。君の命を危険にさらしていることもわかっているが、出会わなかったことを思えばはるかによかった」

そうだろうか。

こんな面倒な状況になっても、本当に隆翔はそう思っているのだろうか。

「君は、兄妹でないことを知った私に、君をどうするつもりかと訊《き》いたな」

皇太子宮に忍び込んできた橙莉と再会し、彼にすべてを知られてしまったあとのことだ。

なにも言ってくれない隆翔に不安がつのり、黎禾は何度も訊ねたのだ。しかし彼は、黎禾を避けるだけではっきりしたことを答えてはくれなかった。

「私は君に、妃《ひ》になってほしいと思っている」

想像さえしたこともなかった隆翔の言葉に、黎禾は息を詰まらせた。

「そしていずれは皇后として――」

「なにを考えているの⁉」

言いかけた隆翔を遮り、黎禾は声を上げる。あまりに荒唐無稽《こうとうむけい》なことを口にする彼の無責任さに、怒りさえこみあげてくる。

「そんなの無理に決まっているじゃない！　私は貴族でもなくて、ただの商家の娘にすぎないのよ⁉」

「もともと後宮は、身分なんて関係のないところだ。たしかにそこで地位を得るには、身分や財力、父親の権力がものを言うこともある。だけどそれがすべてではない」

「そもそも私は、あなたの妹なのよ……？」

彼はとんでもないことを言っている。そう思ったら黎禾は、彼の無謀な考えが恐ろしくなった。

皇城に連れてこられたばかりのときと違い、今は黎禾も後宮の位階について理解している。皇太子である隆翔が、貴人よりも上位の妃をたったひとり迎えれば、それはすなわち即位の後の皇后候補であることも。

（だけど、そんなこと――）

不可能だと首を振ろうとする黎禾の逃げ道を塞ぐように、隆翔が続ける。

「もちろん簡単でないことはわかっている。だけど難しいからといって、はじめからあきらめたくはない。君なら私と一緒に立ち向かってくれると信じている」

どうしてそんな勝手なことを言うのか。

黎禾はずっと結婚などしたくないと思っていた。自分を支配する夫など欲しくなかったし、誰かの所有物になるなど絶対に嫌だと。

妃などさらに論外だ。対等でない立場で所有されるだけでなく、大勢いる女性のひとりになるなど、考えただけで気分が悪くなる。

「ねえ、あなたは私を妹だと思っていたから、偏見を持たずにいられただけなのよ。これからは、そう思える人はほかにもきっと出てくるわ」

ひどい女性不信だったはずなのに、黎禾にだけ妃にしてもいいという気になったのは、隆翔が女性として彼女と接してこなかったからだ。

一度偏見を乗り越えることができた以上、今後は女性に対する見方も変わるだろう。次の人が現れるまでのつなぎとして、利用されるなんてまっぴらだ。

「そうかもしれない。それでも私は君がいい」

聞き分けのない子供のように訴える隆翔に、黎禾はそれ以上なにも言えなくなる。

しかし黎禾も、隆翔と同じなのだ。

男性など信用ならないと思っているのに、妹だと思って接してくる隆翔に対してだけは、警戒心を持つ必要がなかった。無遠慮に触れられても、ともすれば独善的なことを言われても、いつのまにかそれを自然に受け入れていた。

そして兄でも皇太子でもない彼自身を知っていくにつれ、きっと惹かれてしまっていたのだ――。

「私は二度と君を傷つけないし、支配するつもりもない。ただ私と共にいてほしいと思うだけだ」

隆翔は、黎禾をさらに追い込むように言葉を続ける。

――冗談じゃない。妃になどならない。

そう言えばいいだけなのに、その一言が口にできないのはなぜだろう。

「帰ってくるまでに、返事を考えておいてくれ」

帰ってくるまで？

どこかに出かけるのかと訝しんだ黎禾に、隆翔が静かに告げる。

「成州藩が兵を挙げた。城下の藩邸からも、みな姿を消しているらしい」

「……橙莉は？」

思ってもみなかった事態に震えながら黎禾は訊ねる。

「わからない」

隆翔の回答に、黎禾は顔を覆った。

だから早く橙莉を公主として皇城に迎えなければならなかったのだ。自分の保身のために、またもや橙莉を犠牲にしてしまうなんて――。

薄絹の向こうで、そう言った隆翔が踵《きびす》を返す気配がする。

「できるだけ早く戻る」

行ってしまう――。そう思ったとたん、気がつくと黎禾は寝台から飛び出していた。

「待って――」

しかし言いかけてすぐに黎禾は声を失う。すでに背中を向けていた隆翔が、鎧《よろい》をまとっていることに気づいたからだ。

荘廉王を捕らえるために、彼が夜半に皇城を出ていったときのことを思い出し、黎禾は身震いする。思わず歩み寄り、鎧から覗《のぞ》いた彼の袖《そで》をつかむ。

「私も一緒に――」

「――連れていけるわけないだろう」

しかし隆翔は、黎禾の言葉を遮って言った。

「橙莉は、かならず捜し出して連れ帰る。だから黎禾は、私を信じて待っていてくれ」

信じて――？

隆翔のことはいつも信じている。

疑ったことなどない。

だけど――。

迷っている黎禾の隙《すき》をつくように、隆翔が頰《ほお》に手を添えてくる。

とっさに顔を背けると、寝台の柱に押しつけられるようにして強引に唇を重ねられた。

拒否しようとしても、指先に触れる鎧の硬い感触に身動きが取れなくなる。

もし彼が戦で命を落としたら――。

そう思ったら怖くて、振り払うことなどとてもできない。

「行ってくる」

やがて唇を離した隆翔は、そう言って踵を返す。

力が抜けてその場に座りこんでしまった黎禾は、じっとその後ろ姿を見送ることしかできなかった。

第七章

隆翔《りゅうしょう》は本気なのだろうか。

皇城の北苑に広がる庭園を歩きながら、黎禾《れいか》は思った。咲き誇る竜胆《りんどう》の花も、甘い香りを放つ桂花《けいか》にも気づかず、ただひたすら小石の敷かれた散策路を進みながら。

『私は君に、妃《ひ》になってほしいと思っている』

あれからもう何日も経《た》つというのに、彼の声が耳によみがえるたびに、黎禾の胸は早鐘《はやがね》を打ってしまう。

しかし一庶民にすぎない黎禾を妃にして、延《ひ》いては皇后にしたいと言うなど、正気の沙《さ》汰《た》とは思えない。きっと酒の勢いで突然黎禾と関係を結んでしまったから、彼も混乱して口走ったに違いないのだ。

なのに、そうわかっていても――。

（会いたくてたまらないなんて……）

手で顔を覆い黎禾は足を止める。

こんなことを考えるなんて、少し前までの自分からは想像もできなかった。だけど戦に赴いた隆翔を思うと不安がつのり、今すぐ顔を見てその無事を確認したくてならないのだ。

(なんて薄情なのかしら)

成州《せいしゅう》藩で兵が挙がり、玄磊《げんらい》が連れていったのか、橙莉《とうり》の行方《ゆくえ》もわかっていない。だというのに黎禾は、気づけば隆翔のことばかり考えてしまっている。

「なにか悩みでもあるのかな」

かけられた声にはっと我に返ると、先を歩いていたはずの皇帝がやわらかい笑みを浮かべて目の前に立っている。

「も、申し訳ありません……」

急に立ち止まった黎禾を心配して、引き返してきてくれたのだろう。

皇帝に誘われて散歩に来ていたことを思い出し、黎禾はみずからの非礼を詫《わ》びた。しかし皇帝はとくに気にしたふうもなく、池にわずかに残った睡蓮《すいれん》の花を眺める。

「そういえば先日出立した隆翔も、表情が冴《さ》えなかった。喧嘩《けんか》でもしたのかな? いつもとても仲がいいのに」

皇帝の口から出た隆翔の名前に、黎禾はどきりとする。顔を上げると、皇帝のやわらかな眼差《まなざ》しと視線がぶつかり、黎禾はふたたびうつむいてしまう。

「きちんと見送りをしなかったから、それが気になって……」

戦となれば、無事に帰ってこられるかどうかもわからないのに、どうしてあのまま送り出してしまったのだろう。もっと素直になればよかったと後悔しても、今さらどうしようもない。ただ彼の無事を祈るしかなかった。

「実は隆翔が出立する前に、譲位を待ってほしいと言ってきてね」

「え？」

「いや、即位をしたくないというのではなくて、ただ時間が欲しいと。なにか先に解決しておきたいことがあるのだと言っていたね。彼からなにか聞いているかい？」

「いえ、私はなにも……」

そう口にしながら黎禾は、出立前の隆翔の言葉を思い出す。

『簡単でないことはわかっている。だけど難しいからといって、はじめからあきらめたくはない。君なら私と一緒に立ち向かってくれると信じている』

彼は本気なのだと思ったとたん、黎禾は泣きそうになった。

（本当はわかっている。隆翔が私を傷つけないことくらい……）

彼が悪いのではない。黎禾に自信がないだけなのだ。しかしどんなに彼を信じたいと思っても、内なる声がささやいてくる。

今は少し毛色の違う女をめずらしく思っていても、隆翔はきっとすぐに黎禾を疎ましく思うようになるだろうと。ただでさえ後宮には、きれいで彼の寵《ちょう》を望む女性がたくさんいるのにと――。

結局黎禾は、自分自身を信じられないのだ。

母がいなくなってから、黎禾はずっと無力な自分を変えようと努力してきたつもりだ。

そうして創《つく》り上げた明茶商会《めいちゃしょうかい》という存在は、自立と誇りを彼女に与え、そして誰かの役に立っているという自負をもたらしてくれた。

だけどそんな外側のことではなく、ひとりの人間として己を見たとき、黎禾はどうしようもなく臆病《おくびょう》になる。

父にさえ愛されなかったという記憶が、どこまでも彼女の心を縛るのだ。

隆翔にその気がなくても、いつかきっと彼の心変わりに傷つくことになる。そう思うと、隆翔の言うとおりに彼を受け入れることが、恐ろしくてならなかった。

「遠慮があって余には言えないことも、そなたにならば話していると思ったが。そうか、そなたもなにも知らぬのか」

皇帝の目には、それほど仲のよい兄妹《きょうだい》に見えるのだろうか。

隆翔が即位を渋ったことに、まさか自分が関《かか》わっているとも言えずに、黎禾は後ろめたさを感じて唇を引き結んだ。

「あれは昔から、聞き分けのよい子でね。なにか思うことがあっても、自分ひとりの胸に秘めたまま、なにも言わないような子供だった。皇后のことがあってからは、なおさら何事も冷めた目で見るようになってしまって。そんな隆翔がなにかを望むなんてめずらしいからね。理由があるのなら、できるだけ叶《かな》えてやりたいとは思っているのだ」

だから皇位にはまだしばらく就《つ》いていることになりそうだと、皇帝は眼差しを緩める。

「そうですか……」

なんとも答えることができずにあいまいに微笑《ほほえ》むと、皇帝が近くで咲き誇っていた桂花の枝を折り、黎禾の髪に挿しながら言う。

「そなたも、なにか胸に秘めていることがあるのかな?」

甘い香りの向こうですべてを見通しているかのような皇帝の眼《め》に、黎禾はどきりとする。しかしその瞳《ひとみ》は温かく、けっして彼女を責めるような色は浮かんでいなかった。

「望みを口にすることは勇気のいることだが、一歩を踏み出さなければならないときというのも、きっとあると思うよ」

皇帝の視線を追って池の水面《みなも》に目をやると、そこには彼の沈痛な表情が揺れていた。

「余は、そなたの母のことをずっと後悔していた……。皇后のこともだ。あのときこうしていたら、という思いは常にある。そなたたちには、そんなふうに生きてほしくない。後悔を一生背負うことに比べれば、なんでもできるはずだ」

そして皇帝は、振り返って黎禾をまっすぐに見つめた。

「そなたたちは、好きに生きよ」

「皇上、私は……」

思わず黎禾が、口を開きかけたときだった。

「皇上、大変でございますぞ！」

静かな庭園にそぐわない大声が聞こえてきたかと思うと、初老の男性が侍衛たちを引き連れて駆けこんでくる。

「どうした、宏律《こうりつ》よ」

宏律――ではこの人が宏傑《こうけつ》の父親である内閣大学士かと、黎禾は思った。

許可がないかぎり、皇帝やその家族以外の男性が北苑の庭園に入ることはできないはず。いったい何事だろうと思っていると、皇帝が落ち着いた声で訊《たず》ねた。

「皇上、お逃げください！　荘廉王《そうれんおう》が、幽閉先の離宮から抜け出し、城内の者に手引きをさせて攻め入って参りました……！」

そう叫ぶのが早いか、宏律の足元に矢が刺さる。息を呑《の》み振り返った黎禾の目に飛び込んできたのは、女官たちの悲鳴が上がるなか雪崩《なだ》れ込《こ》んでくる武装した男たちの姿だった。

「こちらへおいでください！」

宏律とともにやってきた御前侍衛たちが、とっさに皇帝と宏律を建物の陰に引き込む。

「そなたも来るのだ！」

皇上に声をかけられ、目の前の惨状に自失していた黎禾はようやく我に返った。急いで皇帝の後を追うが、しかしそこにも藍《あい》色のたすきをかけた兵が駆けてくる。

「お行きください！」

皇上の周囲を固めていた侍衛の幾人かが、兵を阻むために駆けていく。後ろ髪を引かれる思いで黎禾は皇帝とともに走った。

しかし安全な場所を探しているうちに幾度も荘廉王側の兵に見つかり、侍衛がひとり、またひとりと減っていく。

皇上を守る侍衛がとうとうひとりになったとき、宏律が口を開いた。

「どうやら城内が、完全に荘廉王に制圧されてしまうのも時間の問題のようです。このまま城門まで行っても、おそらく荘廉王に固められているでしょう」

「そうか」

すると宏律の言葉に、皇上は静かにうなずいた。

「ならば余は、そなたたちだけでも守らねばなるまい」

降伏するとでもいうのだろうか。そう心配した黎禾に、しかし皇帝は落ち着いた声で告げる。

「城下へ出る。ついて参れ」

そう言って歩きだした皇帝を、黎禾は慌てて追おうとする。そのときだった。

「待って！」

甲高い声に驚いて振り返ると、すがるような眼差しでひとりの女性が立っている。誰かと思えば、それは荘廉王の娘である荘貴人だった。

「わたくしも連れていって！」

「娘のあなたにならば、荘廉王はひどいことはしないでしょう」

彼女は、父親からなにかを言い含められているかもしれない。信用して連れていくことなどできないと、黎禾は拒絶しようとした。

「そんなことわからないわよ！」

しかしその目の前で、荘貴人がわっと泣き崩れる。

「お父様にとって、わたくしはただの捨《す》て駒《ごま》だもの。そうじゃなかったら、わたくしがいるのに皇城を襲うなんてするはずないじゃない！」

前もって娘だけ脱出させることもできたはずだ。なのに娘の存在を顧みることもなく、荘廉王は軍を突入させてきた。流れ矢で怪我《けが》をする可能性だってあるし、宮廷の者たちが逆上して復讐《ふくしゅう》の対象にするかもしれないのに――。

そう言って泣き続ける荘貴人に黎禾は、父の暴力に傷ついていた幼い日の自分を重ねてしまう。

「いらっしゃい」

たぶん、同行させるべきではないのだろう。

そう思いながらも黎禾は、拒絶することができずに彼女に手を差し伸べたのだった。

＊

皇帝に連れていかれたのは、庭園の隅にある枯れ井戸だった。そこは建国時に造られた城外への抜け道で、皇太子である隆翔さえもその存在を知らないらしい。

身をかがめて水の流れる地下道を進み、言われたとおり階段の上部の石を協力して押し開けると、そこは皇城の北側に広がる墓地へとつながっていた。

地上に出てみると、扉だと思っていたものは、いくつもある墓石のひとつだった。まわりの景色に溶け込むように存在し、地下水路の存在を知らなければ誰もここから入れるとは思わないだろう。

そして一行は、そこからさらに北に進み、朽ちた寺廟《じびょう》のなかに身をひそめることができた。

（これからどうしたらいいのかしら……）

ようやく人心地ついた黎禾だったが、皇城の方角に煙が上がっているのを目にして、不安をつのらせる。

皇城に皇帝の姿が見えないとなれば、荘廉王は都の外につながる道を封鎖し、城下をしらみつぶしに捜していくだろう。このままここにいるのは危険だった。

それだけではない。宏律の話では、隆翔が成州藩へと軍を向かわせているため、もともと都に残っている兵の数が少ないらしい。そのうえ皇城を急襲されたことで、指揮官とも連絡が取れず、荘廉王に抗するための軍を統制するのも難しいという話だった。

途方に暮れそうになった黎禾だが、頭を振ってみずからを励ました。

(待っていれば、隆翔が兵を連れて戻ってくるはず。だからそれまでは、私が皇上を守るのよ……!)

黎禾は後ろを振り返り、皇上と、そしてここまでともに逃れてきた者たちを見た。

皇上のほかには宏傑の父である内閣大学士の柳《りゅう》宏律と、御前侍衛がひとり、そして数人の女官と荘貴人だ。

御前侍衛は手負いのうえ、戦いのなか受けた返り血で人目を引くし、長年皇城のなかで暮らしてきた女官たちや荘貴人は城下に詳しくないだろう。そして宏律は逃げている最中に腰を痛めて歩くのもやっとの状態であり、なにより彼には皇上のそばにいてもらわなければならない。

だから、自分が動くしかないのだ。

「まずは、安全なところに身を隠しましょう」

「しかし安全なところといっても……」

宏律が思案の表情を浮かべる。皇上の側近である彼や侍衛の屋敷《やしき》が、すでに荘廉王に押さえられているのは想像に難くないからだろう。

「いずれにしても、まずは着替えなくては」

泥水で汚れた身体《からだ》のまま集団で城下を歩けば、すぐに人目についてしまう。

「私が服を手に入れてきます。皇上たちは、このままここに隠れていてください」

「公主がそんなこと……。わたくしが参ります！」

侍衛が慌てた様子で声を上げる。しかし黎禾は首を振った。

「いいえ。あなたは皇上についていて。もし荘廉王の手の者に見つかったときは、お守りしてちょうだい」

それでも納得しない様子の彼や宏律に、黎禾は言った。

「ご心配なく。私はついこの間まで、城下で暮らしていたんです。この町での動き方は誰よりも知っています」

彼らを安心させるように笑みを浮かべると、黎禾は皇帝に歩み寄り、その手を握りしめた。

「大丈夫。皇上のことは、私がお守りしますから」

自分に言い聞かせるように黎禾はうなずく。すると皇上は、揺らぐことのない眼差しを彼女に向けて言う。

「そなたが余を守ってくれるのか？　それでは立場が逆だな」

こんなときでさえ穏やかな笑みを向けてくる皇帝に、黎禾は励まされた。

追い詰められた状況でも他人を信頼して委《ゆだ》ねることは、真《しん》に心が強い人でなければできない。

皇帝は、建国した先帝が彼に譲位したのは、孫の隆翔に期待していたからだと言っていたが、きっとそれだけではない。荘廉王がなにを主張したとしても、この人こそが大稜《だいりょう》帝国の皇帝なのだ。

そう思いながら黎禾は、身に着けている装身具をひとつひとつ外しながら宏傑の父に言った。

「宏律様、申し訳ありませんが、長袍《ちょうほう》をお貸しくださいますか？」

「なんと⁉」

「ご存知ありませんか？　昨今では男装する女性が増えているのです。宮廷服で歩くより、そちらのほうが目立たないほどに」

汚れているとはいえきらびやかな絹の長袍で街中を歩けば、皇城から逃げてきたことがすぐにわかってしまう。

その点、宏律の長袍ならば、酔狂な女と思われることはあっても、わざわざ兵に報告をしようなどとは思わないはずだ。

そして黎禾は、耳環《じかん》のみ残して女官に渡すと、男物の長袍をまとう。

「もし半刻《はんとき》をすぎても私が戻らなかったら、隠れ場所を変えてください」

そう言って黎禾は、ひとり寺廟の石段を下りていく。

しばらく歩いて人通りのあるところまで出ると、市中はひどく混乱している様子だった。煙の上がる皇城を見上げた人々が、不安げに騒いでいる。

しかしよく見ると、辻《つじ》ごとに荘廉王側の兵士が立っていて、暴動が起きないように見張っているようだ。

目立たないように顔を伏せ、黎禾は質店へと向かう。勝手知ったる城下だ。人目を避けたせいで時間はかかったが、迷うことなく目的の場所へと到着する。

「盗品かな？」

しかし店主は黎禾の汚れた姿を一瞥《いちべつ》し、彼女の差し出した耳環をすぐに買いたたいてくる。きっと城下の混乱に乗じて盗みを働いたと思われているのだろう。

「その値段ならほかをあたるわ。二軒隣の店だったら、もっと高く買ってくれるに違いないもの。だけど、こっちもそう多くを望んでいるわけじゃないの。実は荷物を積んだ馬車ごと排水溝に落ちてしまって、仲間の分も服が必要なのよ」

商人との交渉ならばお手のものだ。そう言って黎禾は、舌打ちする店主に掛け合い、どうにか人数分の古着を手に入れることができた。

しかし質屋を出て、寺廟に戻ろうとしたそのときだった。

「待て！」

兵のひとりに呼び止められ、黎禾はぎくりと身体をこわばらせる。

「おまえ、なにを持っている？」

どうやら黎禾の手にある大荷物を訝《いぶか》られたようだ。しかし彼女の正体に気づいて尋問してきているわけでなくても、怪しまれてついてこられたら終わりだ。

一瞬逃げることも考えたが、走っても女の足ではすぐに追いつかれてしまうだろう。

（どうしよう……）

そう唇を噛《か》みしめたときだった。行き交う人々のなかに、見覚えのある後ろ姿を見つけて、黎禾は声を上げる。

「黎安《れいあん》！」

見間違いかと思ったが、しかしやはりそれは弟の黎安だった。どうやら酔狂な彼は、皇城の騒ぎを知りわざわざ見物にきたようだった。

「姉さん⁉　どうしてここに……？　それにその格好は――」

振り返った黎安は、そこに数ヵ月もの間姿を消していた姉の姿を見つけて、心底驚いたように声を上げる。

「茶葉を運んでいる最中に、馬車ごと排水溝に落ちてしまったのよ。とりあえずみんなの分の着替えを用意しようと思ったんだけど……」

（お願い、黎安……！）

心のなかの祈りが通じたのか、一瞬の間ののち黎安は笑い声を上げた。

「あいかわらず抜けているね、姉さんは。行証《こうしょう》も排水溝に落としてしまったの？」

そう言って黎安は、黎禾に合わせて演技してくれる。そして彼が、茶葉行の発行している身分証を見せると、兵士たちは納得したように黎禾を解放した。

ふたりで談笑するふりをしながら街路を歩き、角を曲がる。そして兵士たちの視線から逃れたところで、ようやく黎禾は息を吐き出した。

「姉さん、いったい……」

「お願い、黎安。なにも訊《き》かずに私を助けて――」

荒れた寺廟の前に停まった荷馬車を目にして、皇帝たち一行は緊張に身をこわばらせた。しかしその御者台から飛び降りるように黎禾が姿を現すと、みな一様にほっとした表情を浮かべる。

「黎禾よ、これはいったい――」

「説明はあとです。急いでこの箱に入ってください！」

黎禾は訊ねてきた皇帝にそう答えると、荷台の上から大きな木箱を下ろしていく。

「これは……」

「茶箱です。窮屈とは思いますが、少しの間こらえてください」

そして驚く彼らを箱に押し込め、姿が見えないよう上から茶葉をかける。そして蓋《ふた》を閉めると、黎安や侍衛たちと協力して荷台の奥に積んでいく。

そして最後にみずからも茶箱に入ると、蓋の隙間《すきま》から弟に声をかけた。

「黎安、頼んだわよ？」

すると、事情もろくに話していないのに黎安はうなずいた。そして偽装のために茶葉だけ詰めた箱をみなの隠れた箱の周囲に積み、ひとり馬車を走らせる。

そうして運ばれる茶葉に紛れて黎禾たちは、臨陽《りんよう》の西南のはずれ、明茶商会に身をひそめることができたのだった――。

＊

皇城に皇帝の姿を見つけられなかった荘廉王は、臨陽の市街をしらみつぶしに捜しているようだった。

都の城郭《じょうかく》から外へ出ていないことはわかっているのだろう。

しかし荘廉王も、まさか皇帝が一介の商家に隠れているとは思いもよらないに違いない。一度だけこのあたりを捜している兵が踏み込んできたものの、倉庫として使っている西の廂房《しょうぼう》で息をひそめている一行が見つかることはなかった。

そして軍を取って返してきた隆翔が、臨陽の城壁の南側に陣を構えたらしいという噂《うわさ》を耳にしたのは、一週間が過ぎたころだった。

「昨夜到着したみたいで、おかげで外では兵がぴりぴりしているよ。城下が戦場になってしまうんじゃないかって、みんな不安がってる」

そう告げたのは、一行をここまで連れてきてくれた黎安だった。彼は、戦がはじまりかねないと明茶商会のみなに暇《ひま》を出し、黎禾たちが身をひそめる廂房に誰も近づけないようにしてくれていた。

それだけでなく、その後も得意先に茶葉を納入するように見せかけて市街の様子を探るなど、いろいろと協力してくれている。

思えば、いたずら好きでお調子者の黎安は、昔から要領のいいところがあった。そのせいかいつまんで事情を説明しただけなのに、弟だと紹介できない黎禾に合わせてうまく演技をしてくれている。

「だけどおかしな話があってさ。荘廉王は、皇上と公主を捕らえているっていうんだ」

そして黎安は、たった今仕入れてきた市井《しせい》の噂を、興奮したように黎禾たちに話す。目の前にいるのが皇帝だと聞いても、まったく悪びれる様子もない。

「馬鹿《ばか》な!? 皇上はこうしてご無事でいらっしゃる」

黎安の言葉に、侍衛が声を上げた。

「そうなんだよ。だから俺、おかしいと思って……」

「おそらく嘘《うそ》の情報を流すことで、隆翔様の行動を牽制《けんせい》したいのだろう。あるいは人質を取ったふりをして、各駐屯地にいる旗軍を味方につけるまで、時間を稼ぎたいのかもしれぬ」

するとと宏律が、腰が痛むのか、茶箱に寄り掛かったままの姿勢で答える。

「時間を稼ぐ、ですか?」

どういうことかと、黎禾は眉《まゆ》を寄せた。

「おそらく荘廉王は、こんなにも早く隆翔様が成州藩から戻るとは思っていなかったのでしょう。もともとは皇城を落としてから、旗下としていた藍《らん》旗軍だけでなく、紅旗、黒旗両軍を駐屯地から呼び寄せ、隆翔様の軍の後背を突かせるつもりだったに違いありません。旗王が替わったといっても、両軍も長らく荘廉王と近い関係にありましたからな」

「でも、隆翔が荘廉王の予想よりも、早く戻ってきたということね」

さすがは皇帝の最側近と言われる内閣大学士だ。端的でわかりやすい宏律の説明に黎禾はうなずいた。

「そうです。お二方を人質としていると思えば、隆翔様も総攻撃をかけることをためらうでしょう。そうして時間を稼ぎ、両軍の到着とともに城下から打って出れば、隆翔様を挟み撃ちにすることができます」

「……ということは、できるだけ早く隆翔に皇上がご無事であることを、報《しら》せなければならないのね？」

「そのとおりです。ですが……」

表情を曇らせる宏律に、黎禾は立ち上がる。

「どうなさるのです？」

「隆翔のところに行くわ」

驚いて見上げてくる侍衛に、彼女は答えた。

「危険です！」

「でも、誰かが行かなければならないのでしょう？　怪我しているあなたは手綱を操れないし、腰を痛めた宏律様も馬に乗れないでしょう？　動けるのは私しかいないもの」

黎禾の言葉に、侍衛は悔しげな表情を浮かべる。

彼もわかっているのだろう。宏律の話のとおりだとすると、もう猶予はない。急がなければ、隆翔が攻めあぐねているうちに、援軍が到着してしまうのだと。そうなれば城郭内の藍旗軍と援軍に挟撃された彼は、勝機を失ってしまうに違いない。

　不安がないわけではないが、躊躇《ちゅうちょ》している時間はなかった。

「ですがどうやって？　城門は閉ざされてしまっていますし、城郭の外には兵以外出ることなどできませぬぞ」

　宏律の言葉に、黎禾が思案しかけたときだった。それまで言葉少なに黎禾たちと行動をともにしていた荘貴人が、口を開いた。

「わたくしが一緒に行きますわ」

「あなたが⁉」

　黎禾は驚いて荘貴人を見つめた。

「馬には乗れませんが、わたくしが一緒でしたら、父の軍も下手に攻撃はできないでしょう？」

「でも……」

　たしかにそうかもしれないが、荘廉王は仮にも彼女の父親なのだ。逆らうようなことが本当にできるのだろうか。

　訝しく思っていると、荘貴人は挑むような眼差しを向けてくる。

「それとも、わたくしのことが信じられませんの？」

「──わかったわ」

ほかに代案もない以上、そうする以外にないだろう。そう思ってうなずくと、ふたりはさっそく仕度に取り掛かる。服を着替え、黎禾が馬上から手を差し出すと、荘貴人は強くそれを握りこんで鞍《くら》の後ろに跨《また》がった。

「気をつけていくのだ」

茶葉に囲まれた廂房から庭院《なかにわ》まで出てきた皇帝が、祈るような口調で黎禾を見上げる。

その声がかすかに震えていることに気づき、黎禾は胸が締め付けられた。

皇帝は、ようやく会えたと思っている娘を、本当は危険なところに送り出したくなどないのだ。しかし皇帝の命は自分ひとりのものでないことを熟知しているために、彼はそうせざるをえない。そしてそのことを、なによりも辛《つら》いと感じているのだと。

「そなたのような勇敢な娘を持ったことを、余は誇りに思うぞ」

だから黎禾は、そう告げられたとたんこらえきれなくなった。

「私、本当は皇上の娘ではないんです」

これ以上は嘘をつけない──。そう思った黎禾は、真実を口にしてしまう。

「なんと──?」

怖くて、皇帝の顔を正視できない。しかし突然の告白に、彼の息を呑む気配が伝わってくる。

「皇上の本当の娘は橙莉といって……、きっと隆翔が、今ごろは見つけてくれているはずです」

勢いを止めないよう、手綱を握る自分の手だけを見つめて一気に告げると、皇帝は「隆翔も、知っておるのか……」と茫然《ぼうぜん》とした様子でつぶやく。

「そういえばそなたは、一度として余を〝父〟と呼んでくれたことはなかったな……」

「ごめんなさい。罰はあとで受けます。でも今は――」

寂し気につぶやく皇帝にそう告げると、黎禾は鐙《あぶみ》を蹴《け》った。とたんに馬は走り出し、明茶商会の四合院から飛び出していく。

「ねえ、あなたが公主じゃないって、どういうことですの？」

すると荘貴人が、後ろから訊ねてくる。

「聞いたとおりよ。本物の公主と間違えられて皇城に連れてこられたの」

「じゃああなた、隆翔様とは……兄妹ではないのね」

噛みしめるようにそうつぶやくと、彼女はもうそれ以上なにも言わずに、黎禾の腰に回した腕に力を入れた。

ふたりが目指したのは、臨陽の市街を取り囲む城郭のなかで、南側中央に位置する大門だった。

あえて中央の門を選んだのは、城門の防衛に、荘廉王の長年の腹心である栄禄《えいろく》将軍が当

たっていると、黎安が調べあてていたからだ。彼ならば荘貴人の顔を見知っているし、ほかの兵にも命令できる立場である。

「本当にいいの？　荘貴人」

城門のかなり手前、見張りの歩兵が見えてきたところで一度馬を降り、黎禾は念を押すように訊ねた。

「もう荘貴人はやめて。わたくしにも、姚凜《ようりん》という名前があるのよ」

黎禾の手を借りて下馬しながら、彼女はそう言った。

「じゃあ姚凜、あなた本当に後悔しないの？　荘廉王はあなたの父親なのに……」

「……あなたにはわからないわよ。真っ先に妃《ひ》に冊封《さくほう》されると言われながら、寵《ちょう》どころか、相手にもされない後宮の生活が、どれだけ惨《みじ》めだったか。もうわたくしは、振り向いてもくれない男を追いかけるのも、役立たずだと父に責められるのも、もうそんな人生はまっぴらなのよ」

そう言うと姚凜は、黎禾を待たずに門に向かって歩きだしてしまう。

「これからは、わたくしの好きなように生きてやるわ」

そして彼女は、咎《とが》める声を上げながら走り寄ってくる兵たちに向かって、居丈高《いたけだか》に叫んだ。

「無礼者！　わたくしを誰だと思っているの？　荘廉王の娘であるわたくしの顔を知らな

いなんて、どれだけ無能者なのよ⁉　さっさと栄禄を呼んでいらっしゃい！」

さすがの貫禄《かんろく》でそう言うと、半信半疑ながらも兵たちからすぐに話が行ったらしく、栄禄が飛んできた。

「ひ、姫様？　どうしてこちらに……」

栄禄は行方不明のはずの主《あるじ》の娘が突然現れたことに、驚き慌てて駆け寄ってくる。直接顔を合わせたこともない黎禾には気づくことなく、ただの侍女だと視界に入れた様子もなかった。

「おまえに説明する必要なんてないわ。さっさとお父様に、わたくしの無事を伝えてくるのよ！」

「は、しかし……」

「いいから、さっさと行ってらっしゃい！」

多くの兵たちの前で自分の存在を誇示した姚凜は、そう言って栄禄を城門から引き離すことに成功する。

「門をお開けなさい！」

そして彼女は、栄禄の馬が遠ざかるのを見送ってから、衛兵たちに向かって命じた。

「ですが……」

「いいからおやりなさい。荘廉王の娘であるわたくしの言うことが聞けないの⁉」

引き上げ式の城門は、城壁の上から鎖を巻き上げることで門扉を開けることができる。ためらう衛兵たちに姚凜が怒鳴りつけると、彼らは戸惑いながらも巻き上げ機に向かう。

「それであなた、隆翔様の妃になるつもりなの？　兄妹ではないんでしょう？」

ゆっくりと門扉が上がっていくのをふたりで見つめていると、姚凜がおもむろに訊ねてくる。

「それは……、だって私は、そういう身分じゃないし……」

突然思いもよらない質問をぶつけられ、動揺した黎禾はどう答えていいかわからず口ごもる。すると姚凜が苛立《いらだ》ったようにつぶやいた。

「腹立たしいわね」

「え？」

「あなた、わたくしが気づいていないとでも思っているの？　中秋節の夜に隆翔様と一緒にいたのでしょう？」

かっと赤くなった黎禾に、姚凜は答えを見たらしく鼻を鳴らした。

「身分がなによ。後宮ではね、そんなものは通用しないのよ。寵ひとつでのし上がれる、下剋上《げこくじょう》の世界なの。ごらんなさいよ。わたくしみたいに親王の娘でも、相手にされなかったら惨めなだけ」

姚凜が最近しおらしくしていたのはやはり演技だったのだと思いながら、黎禾はその剣幕にたじろぐ。

「だ、だけど隆翔にとってはあんなことたいしたことではないし、ほかにもたくさん女の人が……」

「あなた、皇后様のことを――隆翔様の女性不信の理由を、知っているんでしょう？　なのに妹でもないのにあんなに気を許されて、それでほかの女ですって？　本当にむかつくわ」

「あ、あなた、隆翔のことが好きだったんじゃ……」

「冗談じゃないわ。あんな情のない男、もうこちらからお断りよ」

どうして姚凜に、妃になる気がないことを責められるのだろう。そう戸惑っていると、彼女はぴしゃりと言う。

「いいこと？　あなたがいなくなったら、あの方は今度こそ誰のことも信じられなくなるでしょうよ」

「信じられなくなるって……」

姚凜からの批難に口ごもりながら、黎禾はふと思った。

これまでずっと隆翔は、母である皇后の行いに傷つき、女性を信用できないと思っていたはずだ。

妃に上げたら皇后と同じように変貌《へんぼう》するに違いない。そう言っていた姚凜のことだけでなく、誰のことも信じられないから彼は、皇太子でありながらたったひとりの妃さえ置かずにいたのだ。

ならばどうして隆翔は、黎禾に対してはそうならないと思えたのだろう。

決まっている。黎禾のすべてを信じてくれたからだ。女性だからとか、妹だからとか、そんな側面のことではなく、彼女の存在そのものを――。

ならば黎禾も、隆翔の心変わりに怯《おび》えるのではなく、同じように彼を、その存在すべてを信じ切ることはできないのだろうか。

そして黎禾は、袖《そで》に隠れた火傷《やけど》の痕《あと》に触れながら思った。

父はたしかに、黎禾に愛情を向けてはくれなかったかもしれない。だけど母は、己の命を懸けるほど、黎禾のことを愛してくれていたはずではないかと。

「今さら逃げて隆翔様を裏切るなんて、わたくしが許さないんだから」

姚凜にそう睨《にら》みつけられたときだった。

「なにをしておる！」

突然の怒号に驚いて振り返ると、異変に気づいて引き返してきたのか、栄禄が開きはじめた門に向かって声を上げているところだった。

「乗ってちょうだい！」

黎禾は急いで馬に跨がると、上から姚凜を引き上げようとする。しかし栄禄の命令によってふたたび城門が閉ざされはじめてしまう。

（間に合わない……）

「行って！」

黎禾がぎゅっと手綱を握りしめたとき、姚凛が馬の尻《しり》を叩《たた》いた。するととたんに馬は走り出し、鉄扉が頭上に迫る城門をすり抜ける。

急に開けた視界に眩暈《めまい》を起こしそうになりながら目をこらすと、見たこともないような数の兵士が整然と並んで見えた。

（あのどこかに、隆翔が――）

そう思いながらも、どこに向かって走ればいいのかわからない。

城郭内から飛び出したからだろう。城壁の上でいくつもの声が上がっていたが、姚凛が止めてくれているのか、矢が飛んでくることはなかった。

しかしやがて混乱が収まったのか、一本の矢が射かけられ、黎禾のすぐ横を通過していく。息を呑んで身をかがめると、また一本、二本と空気の鳴る音がする。

隆翔の軍までそう遠くはないと思っていたのに、走っても走ってもたどり着くことができない。しかも次第に矢の数は増え、雨のように降り注いでくる。恐ろしさに馬にしがみつきながら、黎禾は声をかぎりに彼の名を呼んだ。

「隆翔――！」

そのころにはようやく、城門から抜け出してきた騎影に気づいて、隆翔の軍が動きはじめていた。どうにかして前進してくる彼らのなかに逃げこもうとしていたとき、どこかで懐かしい声が聞こえた気がした。

「黎禾――?」

空耳かもしれない。そう思いながら黎禾は視線をさまよわせる。すると、なぜそこにいるとわかったのか不思議なほど遠くに、鎧《よろい》をまとった彼の姿が見えた。

「騙《だま》されては駄目！　皇上は無事よ。捕らえられていないわ！」

身体を起こしてそう叫んだとたん、肩になにかがぶつかってきた。

（え――?）

なにが起きたのだろう。そう思ったのは一瞬で、気がついたときには黎禾は衝撃で手綱を放してしまっていた。馬から投げ出された彼女は地面に叩きつけられ、呼吸ができなくなる。しかしそれ以上に右肩が焼けるように痛かった。

（私、死ぬのかしら……?）

みずからの上げた土埃《つちぼこり》に沈みながら、ようやく矢にあたったのだと気づく。そう思ったら、無性に後悔に襲われた。

『後悔を一生背負うことに比べれば、なんでもできるはずだ』

皇帝の声が耳に響き、そのとおりだったと唇を噛みしめる。

「黎禾──⁉」

隆翔の声が聞こえた気がしたが、目を開けることができない。しかし手を握られて、たしかに彼の存在を感じる。

「皇上は……、郊外……明茶商会に……」

たったそれだけを言うのがやっとだった。息がつまり、激しくせき込んでしまう。

「わかったから、しゃべるな……」

しゃべるな？

そんなわけにはいかないと思いながらも、どうして隆翔がこんなにも泣きそうな声をしているのかと不思議に思う。

『いいこと？　あなたがいなくなったら、あの方は今度こそ誰のことも信じられなくなるでしょうよ』

姚凜の言葉が耳の奥に響けば、ようやく黎禾は、自分がどれだけ身勝手だったのかと思い知らされる。自分が傷つきたくないばっかりに、彼が傷つくことがあるなんて考えもしなかったのだ。

「ごめんなさい。私、臆病だった……」

彼の手を握り返し、黎禾は必死で言葉をつむぐ。

もう死ぬのだとしても、最後くらいは素直でいたい。

「好きよ。だから――」

なにがあっても、共にありたい。

たとえそれが、どんな困難をともなうことだとしても――。

終

「なんでそう無茶ばかりするんだ!」

部屋に現れるなりそう声を上げた隆 翔《りゅうしょう》に、卓で茉莉花茶《まつりかちゃ》を淹《い》れていた黎禾《れいか》は、またはじまったとため息をこぼした。

「無茶もなにも、ちょっとお茶を飲もうとしただけじゃない」

「だったら女官を呼べばいいだろう! どうして自分でやろうとするんだ」

「だって、それくらいで呼びつけるなんて……」

もともと商家で生まれ育った黎禾は、ささいなことを他人にやってもらうのに慣れていないのだ。小間使いとして橙莉《とうり》が側《そば》にいてくれたとはいえ、彼女には家内の細々《こまごま》としたことまですべて任せていたために、自分でできることはなるべく自分でこなしていた。

しばらく公主として生活していたとはいっても、長年の習慣というのは簡単に変えられるものではない。

「いいかげん慣れろ!」

しかし隆翔は、彼にしては鋭い口調でそう言うと、聞く耳を持たないとばかりに黎禾を肩に担ぎあげた。そして抵抗する隙《すき》を与えずに寝台に運びいれると、すぐに彼女が淹れかけていた茶を碗《わん》に注いで握らせてくる。

（なんだか、兄妹《きょうだい》だったときよりも口うるさくなっているような……）

肩に矢傷を負っただけでなく、落馬で全身を強打し何ヵ所か骨折した黎禾は、しばらく生死の間《はざま》をさまよっていたらしい。そのせいで隆翔は、彼女が目を覚ましてからというものずっと、過保護を通り越して過干渉というくらい彼女の行動に目を光らせている。

いったいいつまでこれが続くのかと、黎禾はげんなりとした気持ちで湯気をくゆらせる茶碗に口をつけた。

「典医も言っていただろう。骨がくっついたといっても、まだしっかりとはつながっていないから、負荷をかければまたすぐに折れてしまうと」

「言われたけど……」

しかしもうふた月近く寝込んでいて、いいかげん身体《からだ》を動かさなくては衰えるばかりになってしまう。先日も少し動いただけで熱を出し、体力が落ちたことを痛感したばかりなのだ。

「頼むから、少しは大人しく寝ていてくれ」

不服そうに表情を曇らせる黎禾に、弱り切った様子で隆翔が言う。

「だいたいあのときだって、ひとりで戦場《いくさば》に乗りこんでくるなんて、無茶もいいところなんだ」

「またその話なの……？」

いったいこれで何度目になるのか。執拗《しつよう》な繰り言に黎禾は、だったらほかにどうすればよかったのだと苛立《いらだ》った。

事実あのときには、すでに隆翔の背後から荘廉王《そうれんおう》の呼びかけに応じた黒旗軍が迫っていたのだ。もし黎禾が、皇帝は捕らえられていないことを報《しら》せに行かなければ、彼は挟撃を受けていたはずである。

「うまくいったんだから、もう少し喜んでくれたっていいじゃない……！」

結局隆翔は、黒旗軍が到着する前に臨陽《りんよう》を奪還し、戦わずして彼らを投降させることができた。

しかもその後隆翔が、荘廉王の反逆を事前に察知していた自分の命で黎禾が公主の替え玉を務めていたと口にすると、公主を騙《かた》っていたなどと断罪されるどころか、逆に彼女は公主を守った功績を称《たた》えられるようになったのである。

しかも矢の降り注ぐなか城郭《じょうかく》の内から脱出してきた黎禾の姿を目にした兵は多く、また皇帝とともに城下に逃れた宏律《こうりつ》や御前侍衛の口からも、彼女の存在は広く伝わっているという。そのため黎禾は、いつのまにか軍の瓦解《がかい》を防ぎ皇帝の命を救った女傑扱いまでされているらしい。

誇張された評判には苦笑いを浮かべるしかないが、それでも誰に迷惑をかけることなく身分をもとに戻すことができて、心の底から黎禾は安堵《あんど》していた。

すべての事情を隆翔から聞いた皇帝も、娘と思っていたときと同じように温かい言葉をかけてくれる。昨日なども黎禾を見舞ってくれ、もう動けるようになったことを告げたばかりだった。

唯一の気がかりと言えば姚凜《ようりん》のことだけだと、黎禾は茶碗に浮いた花弁を見つめた。

彼女は、助命を訴えた父が都から遠く離れた地へと流刑になったのを見届けると、静かに隆翔の後宮を去っていったという。

『これからは、わたくしの好きなように生きてやるわ』

怪我《けが》で幾日も意識を失っていた黎禾は、城門で別れて以来、直接彼女と顔を合わせることはなかった。しかしあのとき、強く前を向いてそう言っていた彼女ならば、きっと大丈夫だと思いたい。

「わたしからもお願いです、黎禾様。あまり無理をされないでください……」

しつこい隆翔を苛立たしく思いながら黎禾が茶を飲んでいると、いつの間にか見舞いに訪れたらしい橙莉までもが、部屋を覗《のぞ》きこんでそう懇願してくる。

「何度も言ったけど、もう黎禾様って呼ぶのやめて?」

橙莉は数日後に執り行われる冊封《さくほう》大典で、正式に公主として認められる予定なのだ。にもかかわらず変わることなく敬語で話されると、ひどく居心地が悪い。

今の橙莉は公主であり、景仁宮《けいじんきゅう》の正式な主《あるじ》なのだ。対して黎禾は、客人として皇城に滞在を許されている身にすぎないのだから。

隆翔に連れられてきた橙莉と対面した皇上は、涙を流して喜んだそうだ。そして桃花《とうか》に似ているとつぶやいたらしい。

はじめは戸惑っていた様子の橙莉だが、ぎこちないながらも少しずつ皇上を父親として受け入れつつあるようだ。父と兄に温かく迎えられ、満たされた表情を浮かべる彼女に、黎禾は本当によかったと思う。

「こうして橙莉も言っているだろう。ともかく安静にして早く傷を治してくれ」

乞うような声で言う隆翔に、とうとう黎禾はため息をこぼした。

「そうは言うけれど、正直まだしばらくこのままでいたいという気持ちもあるのよね……」

「どういう意味だ？」

「だって、怪我が治ったら、あなたの後宮に移らなければならないんでしょう？」

「ちょっと待て。まさか嫌なのか？」

黎禾が本音をもらすと、隆翔が愕然《がくぜん》としたように蒼白《そうはく》となる。

「そういうわけではないけれど……」
後宮に入れば、大勢の女たちのひとりとして、隆翔の妃《ひ》の地位を勝ち取らなければならないのだ。
そのなかには身分が高い人もいれば美しい人も大勢いるわけで、そんな人たちと争って
いかなければならないなんて、覚悟を決めたとはいえやはり不安がつのる。
そうため息をついたときだった。龍が刺繡《ししゅう》された黄色い絹布を掲げ持った男が、大き
な声を上げながら部屋へと入ってくる。
「皇上からの聖旨《せいし》にございます！」
黎禾は慌てて寝台から下りると、隆翔や橙莉とともに床に膝《ひざ》をついた。
聖旨とは、つまり皇帝の意思であり、居並ぶものはすべて跪《ひざまず》いてその言葉を聞かなけれ
ばならないことになっているからだ。
「皇帝 詔《しょう》して曰《いわ》く――汪《おう》家の娘黎禾は、泰懐《たいかい》公主を守るためにその身代わりを務めると
ともに、荘廉王より君主を守り、戦において多大な功績を上げた。よって三品《さんぽん》を授け、皇
太子の妃に配する。これを以《もっ》て聖恩とす」
一瞬なにを言われたかわからない黎禾に、使者の男が「皇上より、文《ふみ》を預かっておりま
す」と告げる。
絹布と一緒に差し出された料紙を開くと、そこには皇帝の人柄をしのばせるやわらかい

筆致で、一言記されている。

『――これで余を父と呼んでくれような』

読み終えてからようやく、聖旨が黎禾を隆翔の妃へ冊封するものだと気づき、彼女は目を見開いた。思わず隆翔を振り向くと、彼も目元に笑みを浮かべながらうなずく。

「皇上のご恩典に感謝いたします！」

そして黎禾は、聖旨の書かれた絹布を握りしめ、そう高らかな声を上げたのだった。

あとがき

ずいぶん久しぶりの新刊となってしまいました。

というわけで、初の中華ものになります。ずっと書きたいと思っていたのですが、なかなか機会に恵まれず、今回ようやく希望を叶《かな》えることができました。

ダブルヒロインの連作になりまして、今作は黎禾《れいか》と隆 翔《りゅうしょう》、そして次作は橙莉《とうり》と玄磊《げんらい》のお話になります。「運命をとりかえる」をテーマにしていて、もとのままだったら悲惨な結果を迎えたはずが、ヒロインが運命をとりかえたことで大団円になる、というのを目指して書きました。

執筆するにあたって、時代的にはおもに清朝《しんちょう》初頭を参考にしました。というのも二作目のヒーローである玄磊は、その時代の人をモデルにしておりまして、そこからストーリーが発展していったからです。

ところが刊行するにあたって、ひとつ迷いが！

実は清の初頭をイメージして書いていたために、私の頭のなかでの男性陣は、みな辮髪《べんぱつ》をしていたのです！

いや、私は好きなのです。見慣れると辮髪も、本当にせくしーに感じられるのです。ですがそんな私でも、それが世間的に市民権を得ていない《ウケない》ことは重々承知しております！

女性陣の服装なども華が少ない時代だし、途中で変えようかなと思わなかったわけではありません。ですが私自身は、実はこの時代もけっこう好きでして……。

ということで、イラストのすがはら竜《りゅう》先生には、一応資料をお渡ししたものの、「自由に描いてください」という希望を申し上げました。そうしたら私の貧困な想像力では考えつかないような素敵なイラストを描いてくださいまして、本当に感激しました。三跪九《さんききゅう》叩頭《こうとう》にてお礼を申し上げます！

そして制作に関わってくださった編集部をはじめとする皆様も、いつもありがとうございます。なにより今作からお世話になっております担当のH様。いろいろお話をさせていただいて、「面白いものを書きましょう」というお言葉にとても勇気をいただきました。今後ともよろしくお願いいたします！

最後に、ここまで読んでくださったすべての方々に、心から感謝申し上げます。橙莉と玄磊のお話である次作でも、お目にかかれれば幸いです。

貴嶋《きじま》 啓《けい》

二〇一八年五月

『とりかえ花嫁の冥婚　偽りの公主』、いかがでしたか？

貴嶋啓《きじまけい》先生、イラストのすがはら竜《りゅう》先生への、みなさまのお便りをお待ちしております。

貴嶋啓先生のファンレターのあて先

〒112-8001　東京都文京区音羽2-12-21　講談社　文芸第三出版部「貴嶋啓先生」係

すがはら竜先生のファンレターのあて先

〒112-8001　東京都文京区音羽2-12-21　講談社　文芸第三出版部「すがはら竜先生」係

N.D.C.913　220p　15cm

貴嶋 啓（きじま・けい）

講談社X文庫

先日箱根を訪れる機会があったので、以前から興味のあった老舗・富士屋ホテルに立ち寄りました。和洋折衷でクラシカルな雰囲気がとっても素敵！　今回は名物のカレーをいただいたので、次はぜひお茶をしたい！

貴嶋 啓の館：http://kijima-kei.jimdo.com/

white heart

とりかえ花嫁《はなよめ》の冥婚《めいこん》　偽《いつわ》りの公主《こうしゅ》

貴嶋《きじま》 啓《けい》

●

2018年7月3日　第1刷発行

定価はカバーに表示してあります。

発行者――渡瀬昌彦

発行所――株式会社 講談社

東京都文京区音羽2-12-21 〒112-8001

電話 編集 03-5395-3507

販売 03-5395-5817

業務 03-5395-3615

本文印刷―豊国印刷株式会社

製本―――株式会社国宝社

カバー印刷―半七写真印刷工業株式会社

本文データ制作―講談社デジタル製作

デザイン―山口　馨

ISBN978-4-06-286971-3